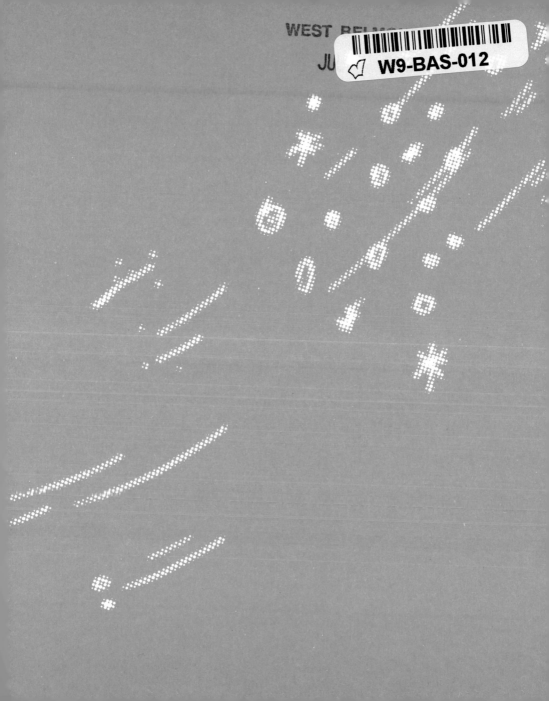

TURE SVENTON
W SZTOKHOLMIE

Åke Holmberg

TURE SVENTON
W SZTOKHOLMIE

ilustracje
Anna Kołakowska

przełożyła
Teresa Chłapowska

Wydawnictwo Dwie Siostry, Warszawa 2012

ROZDZIAŁ PIERWSZY

Grudniowa niedziela u jubilera Erikssona

Ulica Krasnoludków w Sztokholmie jest wyjątkowo sympatyczna. Już sama jej nazwa brzmi przyjemnie. Trudno nawet uwierzyć, że może istnieć ulica nazywająca się tak ładnie. A jednak na niej właśnie zdarzyła się kilka lat temu najbardziej dziwna i niepokojąca historia, z jaką prywatny detektyw Ture Sventon miał kiedykolwiek do czynienia. Rozwikłał ją oczywiście we właściwy mu, szybki i zręczny sposób. Jubiler Eriksson byłby najchętniej zatuszował całą sprawę, ale tego nie dało się zrobić, bo pisano o niej w każdej gazecie.

Ulica Krasnoludków leży w pięknej dzielnicy Vasastad. W tej części miasta spotyka się przeważnie sklepy nabiałowe, pasmanterie

5

i piwiarnie. Tak samo jest na ulicy Krasnoludków, z tą jednak różnicą, że znajduje się tam również sklep jubilerski. Szyld nad jego oknem wystawowym głosi:

HENRYK ERIKSSON
Jubiler

Mimo wszelkich uroków ulicy Krasnoludków można by pomyśleć, że nie jest to zbyt dobre miejsce dla jubilera. Ale myśląc tak, popełniłoby się zasadniczy błąd. Bo gdy tylko ktoś w sąsiedztwie żeni się lub wychodzi za mąż, ludzie zaraz mówią: „Pójdziemy do Erikssona poszukać jakiegoś prezentu ślubnego. Chyba kupimy coś z platerów*". Pan Eriksson znany jest na całej ulicy Krasnoludków dzięki swoim pięknym prezentom ślubnym. Nigdzie nie dostanie się tak ślicznych platerowanych półmisków, lichtarzy czy salaterek. Nie mówiąc już o widelcach.

„Czy wystarczy pół tuzina, czy też damy im cały tuzin?" — zastanawiają się kupujący.

---

6 * Platery — przedmioty metalowe pokryte cienką warstwą metalu szlachetnego, zwykle srebra.

Ale jubiler Eriksson marzył najchętniej o sławnych klejnotach i brylantach. Czytywał książki o szlachetnych kamieniach światowej klasy i wszystko wiedział na temat ich szlifu, ilości karatów, właścicieli i ceny. Najbardziej lubił czytać o kamieniach tak dużych, że aż niemających ceny. Zgromadził całą półkę książek o diamentach. Wiedział wszystko o Koh-i-noorze i o Wielkim Mogole.

Pani Eriksson nieraz mu wypominała: „Znów siedzisz i czytasz o Wielkim Mogole zamiast zabrać się do czegoś pożytecznego".

Podczas niedzielnych przechadzek po mieście jubiler Eriksson lubił zatrzymywać się przed najbardziej znanymi sklepami jubilerskimi, mającymi olbrzymie okna wystawowe. Wpatrywał się tam w drogocenne kamienie i gdy tylko zobaczył coś naprawdę wyjątkowego, pogrążał się w myślach. Wróciwszy na ulicę Krasnoludków, zawsze rzucał okiem na swoją wystawę z platerami, a dopiero potem szedł na górę zjeść sznycel cielęcy i szarlotkę.

Rodzina Erikssonów mieszkała bowiem nad sklepem. Trudno wyobrazić sobie lepsze warunki dla jubilera: wystarczyło wejść do windy i wjechać trzy piętra. Mieli przestronne, nowoczesne mieszkanie składające się z trzech pokoi i kuchni oraz przylegającego do niej małego pokoiku. Trochę było ciemne i ponure, niemniej mieszkało się w nim wyjątkowo przyjemnie i wygodnie.

W prawie każdą niedzielę jubiler Eriksson mówił przy obiedzie: „Widziałem dziś wspaniały brylant na mieście. Piękna rzecz, ale szlif niewłaściwy. Ja bym go nigdy nie ciął w ten sposób".

— Jak byś go ciął w takim razie? — zapytała pani Eriksson w którąś taką niedzielę. — Szkoda, że nie ma dziś ciotki Agdy, ona tak lubi szarlotkę. U niej jest zawsze taka dobra szarlotka.

— Szarlotka? — odezwał się pan Eriksson, podnosząc półprzytomny wzrok znad talerza. — Chcesz powiedzieć: rubiny?

— Nie, nie chcę — odparła jego żona, ściągając lekko wargi — wcale ich nie miałam na myśli.

Jej mąż wpatrywał się w nią ze szczerym zdziwieniem.

— Ależ, kochanie, wiesz przecież dobrze, że ciocia Agda ma pierścionek z trzema rubinami. Najwyższej klasy. Z tych rzeczywiście najlepszych na świecie. Koloru krwi, o jedwabistym połysku.

— Tak, wydaje mi się, że wiem — odparła pani Sonja Eriksson.

— Ale ja myślałem, że powiedziałaś... — zaczął jej mąż z półotwartymi ustami.

8

Sonja Eriksson odpowiedziała powoli, dobitnie, z ledwo dostrzegalną groźbą w głosie:

— Powiedziałam, że ciocia Agda powinna tu być teraz. Bo bardzo lubi szarlotkę.

— I ja też. Ale nie szarlotkę — dodał pośpiesznie roztargniony jubiler. — Chciałem powiedzieć...

Państwo Eriksson mieli dwoje dzieci: Elżbietę i jej brata, Henryka Erikssona juniora. Oboje przysłuchiwali się chętnie rozmowom rodziców. Uważali, że to równie zabawne jak pójść do kina, i oboje wiedzieli dokładnie, jak takie rozmowy podtrzymywać.

— Co chciałeś powiedzieć, tatusiu? — spytała Elżbieta. Miała jasnoniebieskie oczy, blond włosy uczesane w koński ogon i niedzielną sukienkę w kratkę.

— Co takiego, dziecko? — spytał ojciec trochę zirytowanym głosem.

— Mama właśnie mówiła, że u cioci Agdy jest zawsze taka doskonała szarlotka. Wtedy tata powiedział, że jest prawie światowej klasy — włączył się Henryk, marszcząc czoło, cały zatopiony w myślach.

10

— Tak, tak powiedziałeś, tatusiu! — dodała Elżbieta.

— Trzy sztuki — rzekł Henryk. — Trzy szarlotki o światowej sławie. — Zmarszczył jeszcze bardziej czoło. Widać było, jak głęboko się zastanawia.

— Cicho bądźcie, jedno z drugim! — odezwała się pani Eriksson.

Taka to scena rozegrała się w tej całkiem zwyczajnej rodzinie jubilera, siedzącej pewnej grudniowej niedzieli przy kolacji, na ulicy Krasnoludków. Na dworze zaczął padać śnieg. Zbliżało się Boże Narodzenie. Latarnie uliczne były już zapalone. Nikt absolutnie niczego nie przeczuwał. A jednak tego właśnie wieczoru zaczęła się owa tajemnicza i niepokojąca historia.

W holu zadzwonił telefon. U Erikssonów panował taki rodzinny zwyczaj, że ile razy dzwonił telefon, wszyscy zrywali się i zaczynali krzyczeć.

— Telefon! — wołała pani Eriksson.

— Ktoś dzwoni! Ja odbiorę! — krzyczał Henryk junior, zrywając się z miejsca i przewracając krzesło.

— Nie! Ja! — krzyczała Elżbieta i też się zrywała, ale trochę za późno.

— Wydaje mi się, że słyszałem dzwonek — mówił jubiler, podnosząc wzrok znad talerza. — To chyba telefon.

Każda rodzina jubilera ma swoje szczególne przyzwyczajenia. Erikssonowie stawali niemal na głowie, gdy tylko zadzwonił telefon.

— Halo! — powiedział teraz Henryk, podnosząc słuchawkę.

Cała rodzina słuchała.

— Tak jest. Dzień dobry — słychać było z holu głos Henryka. Potem nastąpiła krótka przerwa.

— Kto to może być? — spytała pani Sonja cicho, nie wstając od stołu.

— Tssss! — syknęła Elżbieta.

— Ciekaw jestem, kto to dzwoni — powiedział jubiler.

Po czym wszyscy siedzieli w milczeniu i nadsłuchiwali.

— Czy ciocia chce mówić z tatą, czy z mamą? — doszedł ich głos Henryka.

— Ciocia Agda — powiedziała pani Eriksson.

— Ciocia Agda? — spytał jubiler.

Pani Eriksson wstała i wyszła do holu. Jej mąż też wstał i wyszedł do holu, z serwetką w ręku. Elżbieta już była przy telefonie.

— Mama zaraz podejdzie — powiedział Henryk. — Do widzenia, ciociu — i podał matce słuchawkę.

— Halo — powiedziała pani Eriksson. — Czy to ciocia Agda? — mówiła dalej serdecznym, telefonicznym tonem. — Na Boże Narodzenie? — rzekła w chwilę później nieco innym już głosem. — Oczywiście... jasne, że ciocia może... — Wszyscy słuchali. — To jest trochę niedogodne, tak, ale oczywiście będzie nam miło widzieć ciocię. — Pani Eriksson bardzo się starała odzyskać swój telefoniczny ton, ale niezbyt jej to wychodziło. Zrobiła jeszcze jeden duży wysiłek. — Mam nadzieję, że ciocia zadowoli się tym, co u nas zastanie — powiedziała. A potem nie było już po co więcej się wysilać, bo telefonistka oznajmiła, że minęły trzy minuty, ciocia Agda zdążyła więc tylko powiedzieć „do widzenia" i odłożyła słuchawkę.

W holu zapanowała cisza.

— Dzień dobry — odezwał się Henryk.

— Piękny dzień mamy dzisiaj — powiedziała Elżbieta. — Jakeście spali?

— Czy ona naprawdę przyjeżdża? — spytał Henryk. — Na Boże Narodzenie i tak dalej?

— Wygląda na to, że tak — odparła pani Sonja Eriksson. Milcząc, wszyscy wrócili gęsiego do rozpoczętej szarlotki.

— Więc to była ciocia Agda? — spytał jubiler spokojnie, chcąc przerwać panujące w jadalni milczenie.

Pani Eriksson nie miała dość energii, żeby odpowiedzieć. Dalej nikt nic nie mówił. Słychać było tylko lekkie mlaskanie, które w domu jubilera zawsze towarzyszy jedzeniu szarlotki z sosem waniliowym.

ROZDZIAŁ DRUGI

Cień

Sześć godzin później w całym domu Erikssonów było ciemno. W sypialni rodziców słabe światło lamp ulicznych przedzierało się przez story, padając na ściany i sufit. Oboje państwo Erikssonowie oddychali wolno i głęboko. Na stoliku nocnym jubilera leżała otwarta książka o brylantach, a pod materacem jego niedzielne granatowe spodnie z kamgarnu*, które w ten sposób same się odprasowywały. Na stoliku pani Eriksson leżała lista rzeczy do kupienia przed Bożym Narodzeniem. Co jakiś czas przejeżdżał ulicą samochód.

Elżbieta spała w swoim pokoiku za kuchnią. Koło jej łóżka leżała gramatyka angielska, a na kołdrze otwarty ilustrowany tygodnik,

---

* Kamgarn — prążkowana tkanina z wełny czesankowej.   **15**

który spadł, kiedy panna Eriksson przewróciła się we śnie na bok.

W saloniku spał na kanapie jej brat. Na krześle leżały trzy aksamitne poduszki i narzuta, zdejmowane co wieczór z kanapy, kiedy młody Eriksson szedł spać. Obok kanapy stał mały, okrągły stolik z metalowym, otwieranym blatem. Na nim leżała gramatyka angielska i portmonetka zawierająca siedemdziesiąt pięć öre* oraz dwa zagraniczne znaczki z Afryki w osobnej przegródce. Na kołdrze leżał otwarty ilustrowany tygodnik, który spadł, kiedy młody Eriksson przewrócił się we śnie na bok.

Cała rodzina jubilera spała. Zegar na wieży w mieście wybił dwunastą. Godzinę później wybił pierwszą. Pół godziny później wybił wpół do drugiej.

Do mieszkania Erikssonów prowadziły z sieni dwa wejścia. Na jednych drzwiach widniało nazwisko: Erikssonowie, na drugich — napis: Kuchnia.

Drzwi kuchenne zaopatrzone były w staroświecki zamek, tak zwany patentowy. Te zamki są praktyczne i wygodne z różnych względów. Jeżeli na przykład zapomniało się klucza, zamek można dość łatwo otworzyć innym kluczem. Na zamek patentowy zawsze można liczyć.

16   * Öre (czytaj: ere) — moneta szwedzka, odpowiednik polskiego grosza.

Kiedy zegar wybił wpół do drugiej, w zamku patentowym znajdującym się w kuchennych drzwiach państwa Erikssonów coś zachrobotało ledwo dosłyszalnie. Potem nastąpiły jeszcze dwa malutkie uderzenia, których nikt nie usłyszał. A potem drzwi otworzyły się powoli i jakiś nieprzyjemny cień wsunął się do kuchni. Cień zamknął za sobą drzwi, ale zamek zostawił otwarty. Doświadczony cień nigdy nie zamyka drzwi na zamek, bo nigdy nie wie, jak prędko będzie musiał je znów otworzyć.

Doświadczony cień stanął tuż za drzwiami i zapalił latarkę elektryczną. Światło padło na zlew.

Ukazał się w przeraźliwej jasności stos talerzy z okruchami szarlotki i resztkami znakomitego, bardzo zaschniętego sosu.

Cień przeszedł przez kuchnię, zgasił latarkę i wszedł do holu. Tam stanął, nadsłuchując. Cisza była absolutna. Tak jak i ciemność. Cień nie widział własnej ręki przed sobą. Więc znów zapalił latarkę i zobaczył, że ma dwoje drzwi do wyboru. Zgasił latarkę i ostrożnie otworzył jedne drzwi, a ponieważ dalej było zupełnie cicho, oświetlił pokój. Światło padło na stół jadalny. Stała na nim salaterka z kilkoma mandarynkami, obok leżała wieczorna gazeta. Wtedy cień otworzył drugie drzwi i znów słuchał, ale wszędzie było cicho. Dochodziło tylko jakieś posapywanie, lekkie i regularne. W świetle latarki cień jął przypatrywać się z wielkim zainteresowaniem śpiącej na kanapie postaci Henryka Erikssona juniora.

Potem przesunął się przez pokój do następnych drzwi, zgasił latarkę i otworzył je bezgłośnie.

Usłyszał w ciemności chrapiący duet — jednostajny, pełen spokoju.

Znów zapalił latarkę. Światło padło prosto na spodnie jubilera zwisające spod materaca aż na dywanik przy łóżku.

Cień zgasił latarkę, podszedł po ciemku do spodni, stanął i nadsłuchiwał.

Chrapanie było teraz tuż obok. Z bliska zdawało się jeszcze spokojniejsze, niewiarygodnie równomierne.

Cień pochylił się i zaczął grzebać w kieszeniach spodni pana Erikssona.

ROZDZIAŁ TRZECI

Kapelusz

Nastał poniedziałkowy ranek na ulicy Krasnoludków.

— Kto tu chodził? — spytała pani Eriksson, pokazując podłogę w holu. Jej podłogi były zawsze przepięknic utrzymane, nigdy nic było na nich śladu mokrych butów. — To ty? — zwróciła się do Henryka, wskazując szereg wyraźnych śladów idących od jadalni do saloniku I tam znikających na dywanie.

— Na pewno nie — odparł Henryk. Siedział razcm z Elżbietą przy śniadaniu, przed pójściem do szkoły. Pili czekoladę i jedli szwedzki chleb. — Nie wychodziłem dziś na dwór — stwierdził.

— A wczoraj? — spytała pani Sonja.

— Wczoraj tak — odparł Henryk.

Pani Eriksson zastanowiła się. Przecież wczoraj nie było śladów!

— Może to ty? — zawołała w stronę pokoju sypialnego.

— O co chodzi, kochanie? — spytał jej mąż. Szukał właśnie czegoś w bieliźniarce.

— Chcę wiedzieć, czy to ty zostawiłeś ślady na podłodze.

— Co takiego? — spytał jubiler, dalej grzebiąc w bieliźniarce.

— Ślady! — krzyknęła pani Eriksson na całe mieszkanie.

W końcu jubiler przyszedł do holu z pęczkiem kluczy w ręku.

— Nie mogę dojść, gdzie są moje klucze — powiedział.

— Czy to ty zostawiłeś te ślady na podłodze? — spytała go żona.

— Nie pamiętam, kochanie. O jakich to śladach mówisz od samego rana?

Wtedy wtrąciła się Elżbieta.

— To nie może być tatuś. Wczoraj ich przecież nie było, a tatuś dziś nie wychodził.

Pani Eriksson spojrzała na męża. Miał na sobie szary szlafrok i pantofle nocne. Zobaczyła od razu, że nie był jeszcze na dworze tego ranka. Ale nie chciała dać za wygraną. Przecież jej parkiety znane były z pięknego połysku. Znów spojrzała na ślady stóp. To musiała być dziesiątka, jeśli chodzi o numer, i dość szeroka.

— Czy to ty? — spytała Elżbietę dla porządku.

— Jak jest dziś na dworze? — Henryk zwrócił się prędko do Elżbiety. — Wychodziłaś już, więc powiedz.

Panią Eriksson mocno to wszystko zastanowiło.

— Ktoś to jednak musiał zrobić — stwierdziła.

— Trzeba wycierać nogi, dzieci — oświadczył jubiler. — Musicie pamiętać, żeby zawsze pamiętać.

Dzieci poszły do szkoły. Pan Eriksson, pobrzękując pękiem kluczy, zapytał:

— Czy widziałaś klucze od biurka? Nigdzie ich nie ma.

— Które klucze? Od szafy?

Pani Eriksson całkiem zapomniała o śladach.

— Nie. Mam je tutaj. Ale te drugie, od domu i od biurka. Ten mały pęczek.

Pani Eriksson uspokoiła się nieco. Szafa oznaczała u nich sejf w pokoju za sklepem, gdzie trzymali część towarów, a także dzienny utarg.

— Ach tak, klucze domowe — powiedziała. — Gdzie je miałeś ostatnio?

— W moich popielatych spodniach, tych na co dzień. Nie powinny tam być, oczywiście, to moja wina, kochanie. Ale znalazłem je właśnie — powiedział jubiler, machając pęczkiem kluczy. — W bieliźniarce.

— Pytam, gdzie miałeś ten drugi pęczek kluczy, ten, który zginął, którego nie możesz znaleźć. Gdzie go miałeś ostatnio?

— W granatowych spodniach. Wsadziłem je jak zwykle pod materac, żeby się odprasowały.

— Chcesz powiedzieć, że pęczek kluczy domowych był w granatowym garniturze, który miałeś na sobie wczoraj?

— Tak. Granatowy pęczek niedzielny. Właśnie o nim mówię. Ale teraz go nie ma!

Pani Eriksson spojrzała na ślady stóp. Wydało się jej, że widzi ducha idącego po parkiecie.

Pan Eriksson spojrzał na żonę, potem na podłogę. I on jakby zobaczył ducha na parkiecie.

— Nie myślisz chyba?... — zaczął.

— Nic nie rozumiem — odparła pani Eriksson cichym, lecz stanowczym głosem. Poszła do kuchni i wyjęła z kredensu dwie filiżanki.

Nagle głośno krzyknęła.

Jej mąż, spodziewając się najgorszego, wbiegł do kuchni.

— Co się stało, na litość boską? — spytał.

Pani Eriksson z przerażoną miną wskazała krzesło koło drzwi. Na krześle leżał kapelusz.

Pan Eriksson podniósł go ostrożnie. Co za nieprzyjemny kapelusz! Ogromny, bardzo zniszczony, w kolorze ni to brudnożółtym, ni to buraczkowym. Trudno uwierzyć, że taki kolor może istnieć, a co dopiero taki kapelusz. Nie miał żadnego kształtu, cały był w tłuste plamy. Przypominał zgniły trujący grzyb.

Ktokolwiek znalazł kiedykolwiek kapelusz tego rodzaju na krześle w kuchni, wie, jakie to nieprzyjemne. Najgorsze jest to, że czuje się pełznącą zapowiedź bliskiego niebezpieczeństwa. Ten, kto znalazł cudzy kapelusz na swoim krześle kuchennym, wie, że to dopiero początek czegoś złego.

ROZDZIAŁ CZWARTY

Twarz jak księżyc w pełni

Na ulicy Krasnoludków panował ruch przedświąteczny. We wszystkich sklepach było wyjątkowo dużo kupujących, a w całej dzielnicy bardzo się wszystkim spieszyło. Kiedy na ulicach Vasastad pada śnieg, ten pośpiech i nerwowa atmosfera nabierają szczególnego uroku. O zmierzchu platerowane wyroby w oknie wystawowym u jubilera Erikssona lśniły poprzez płatki śniegu prawdziwie świątecznym blaskiem.

W środku okna stał mały krasnoludek, mniej więcej wielkości świecznika, za dwanaście koron i trzymał małą tabliczkę z napisem UPOMINKI GWIAZDKOWE. Inne dwa małe krasnoludki, mniej więcej wielkości widelców, siedziały — każdy z łyżeczką do herbaty w ręku — i udawały, że jedzą kaszę z małej platerowanej miseczki.

W sklepie panowało wielkie ożywienie. Obsługiwano równocześnie trzech zaśnieżonych klientów. Jubiler i jego pomocnica, panna Hansson, mieli pełne ręce roboty. Sprzedawali kółka do serwetek, noże do tortów, a także owalne i okrągłe patery na ciastka. Drzwi prowadzące do pokoju na zapleczu były szeroko otwarte. Widać było przez nie biurko, stół do pracy i staroświecki zielony sejf.

Panna Hansson, która od wielu lat pracowała u Erikssona, sprzedawała jedną rzecz po drugiej. To była prawdziwa przyjemność kupić u niej pół tuzina łyżek deserowych typu Gustaw Waza i otrzymać je zapakowane w etui* z marszczonym jedwabiem wewnątrz.

Pan Eriksson, sprzedając platery, miał zazwyczaj nieco roztargniony wyraz twarzy. Gdy natomiast sprzedawał pierścionek ze szlachetnym kamieniem, zachowywał się niemal jak lekarz przy badaniu. Stawiał diagnozę i udzielał wyjaśnień na temat połysku i szlifu. Zdarzało się niekiedy, że roztargniony jubiler tak skrytykował pierścionek lub broszkę, którą chciał sprzedać, że klient

* Etui — pudełko służące do przechowywania drobnych, precyzyjnych lub kosztownych przedmiotów; futerał.

na wszelki wypadek mówił, że musi tę rzecz przemyśleć, i odchodził.

Nic podobnego nigdy się nie zdarzało, gdy sprzedawała panna Hansson. Kupić u niej szczypce do cukru typu Kajsa i otrzymać je zapakowane w różową bibułkę — to dopiero była radość!

Teraz pokazywała właśnie tuzin łyżeczek klientowi w zaśnieżonym płaszczu. Klient był wyjątkowo duży. Jego płaszcz też był wyjątkowo duży. Na szklanej płycie lady położył ogromną czapę z baranka, pokrytą śniegiem. Śnieg zaczął topnieć i spływał cienkimi strumyczkami na szkło chroniące naszyjniki i pierścionki w gablocie. Twarz klienta przypominała duży, sympatyczny księżyc w pełni.

Wziął do ręki błyszczącą łyżkę i trzymał ją w gigantycznych palcach podobnych do bananów.

— Jaka śliczna łyżka — powiedział.

— Tak. Ten model ma duże powodzenie — odparła panna Hansson.

— I wygodnie się nią je — mówił dalej człowiek o twarzy jak księżyc.

Popatrzył na sześć noży do ryby (model Saltsjön). Wyjął jeden z pudełka i powiedział:

— Wspaniały! Do gotowanego miętusa, co? Zawsze twierdzę, że nie ma jak gotowany miętus, jeśli chodzi o ryby.

Panna Hansson, uśmiechając się uprzejmie, lecz jakby w pośpiechu, zgodziła się z nim, że gotowany miętus jest dobrą rzeczą.

Potem człowiek o twarzy księżyca w pełni zaczął badać ceny solniczki, jednego owalnego i dwóch okrągłych półmisków, a także noża do sera. Wszystko mu się podobało. Trudno by sobie wyobrazić bardziej zachwyconego klienta. Ale nie mógł się na nic zdecydować.

Na krześle siedziała jakaś pani i czekała, a z jej śniegowców spływały strużki roztopionego śniegu. Widać było po niej, że z jakiegoś powodu nie podobały jej się noże do sera. Można się też było domyślić, że nigdy nie jadła gotowanego miętusa.

— Czy wybrał pan coś odpowiedniego? — spytała w końcu panna Hansson.

Człowiek drapał się w brodę, wodząc błędnym wzrokiem po półkach w oszklonej szafie za ladą. Rzucił też okiem do pokoju na zapleczu. W tym momencie otworzyły się drzwi od ulicy i weszła starsza pani, dość wysoka i tęga, w starym, przerabianym, lecz dobrze zachowanym futrze. W jednej ręce niosła walizkę, którą postawiła na ziemi, zamykając za sobą drzwi. W drugiej ręce też miała walizkę, a poza tym jeszcze parasolkę i torbę.

Postawiła to wszystko na podłodze i zaczęła strzepywać z siebie śnieg.

— Uff! — powiedziała, otrząsając się. — To była najgorsza podróż w moim życiu.

Wszyscy odwrócili się, patrząc na nią. Wyglądało na to, że zamierza pozostać w sklepie na nieokreślony czas.

Wycierała twarz chusteczką.

— Nigdy jeszcze nie miałam takiej podróży — powiedziała zupełnie tak, jak gdyby była u siebie w domu.

Pan Eriksson zajęty był klientem, który wahał się między srebrnym medalionem z małą akwamaryną a pierścionkiem z małym topazem. Jubiler właśnie wyliczył wszystkie wady topazu i zamierzał skrytykować z kolei akwamarynę, gdy wzrok jego padł na panią w futrze. Stała, ścierając resztki śniegu z twarzy.

Patrzył na nią osłupiałym wzrokiem, z taką miną, jakby się chciał schować pod ladę. Nieznajoma odsłoniła teraz całą twarz i Henryk Eriksson stwierdził z przerażeniem i bez żadnej wątpliwości, że jest to ciocia Agda.

Ciocia przyjechała na Dworzec Główny przepełnionym pociągiem, w którym jedni pasażerowie obierali pomarańcze, inni jedli kanapki, a nawet kwaśne cukierki. Nie mogła dostać tragarza. Kiedy przepchała się na plac przed stacją, musiała stać mimo padającego śniegu i czekać na taksówkę, której zdawało się nie być w całym mieście.

W końcu, przy pomocy tramwajów i autobusów, z męczącymi przesiadkami, dostała się jakoś do Vasastad. Od przystanku odbyła krzepiący spacer po śniegu aż do Erikssonów, na ulicę Krasnoludków.

Najgorsze, że wszystko to zdawało się być z winy pana Erikssona. Nie mógł zrozumieć, dlaczego nikt nie wiedział, że ciocia przyjedzie tak wcześnie. W każdym razie miał niewyraźne uczucie, że to wszystko jego wina.

— No, jestem wreszcie — oświadczyła ciocia, nie zwracając uwagi na piękne platery.

Wszyscy w sklepie spojrzeli wyczekująco na jubilera.

— Ach, więc ciocia przyjechała — powiedział pan Eriksson. Wtedy wszyscy obrócili się w stronę cioci Agdy.

— Tak. Przyjechałam, Henryku — powiedziała ciocia.

Wszyscy znów spojrzeli na jubilera.

— Nie wiedzieliśmy, że ciocia dziś przyjedzie. Gdyby nie to... Czy ciocia zechce pójść na górę?

Miał na myśli mieszkanie.

— Nie mogę wnieść na górę walizek. Odpocznę wpierw trochę — powiedziała ciocia Agda i ruszyła w stronę kantorka, tak jakby była u siebie w domu.

Człowiek w ogromnej barankowej czapie, podobny do księżyca w pełni, przybrał wyjątkowo przyjemny wyraz twarzy.

— Możc mógłbym pomóc zanieść bagaż? — spytał i schwycił obie walizki tak lekko, jakby były dwoma łyżkami typu Gustaw Waza, po czym wszedł z nimi do kantorku, gdzie pani w futrze opadła na krzesło.

— Zawsze kłopot z takimi walizkami — powiedział człowiek. — Niewygodne, ale przydatne do zapakowania rzeczy.

— Bardzo panu dziękuję za pomoc — powiedziała ciocia Agda. Jasne było, że nie Henrykowi dziękuje.

— Nie ma o czym mówić — rzekł człowiek. — Drobiazg. Wstąpiłem tu tylko, żeby zobaczyć noże do ryby.

— To było bardzo uprzejmie z pana strony — rzekła ciocia. Oczywiście nie miała na myśli Henryka Erikssona.

— No i tak — powiedział człowiek o twarzy jak księżyc. — Mamy zimę i śnieg, ale bez mrozu.

Podzieliwszy się tym spostrzeżeniem, stał dalej w kantorku. Ciocia pomyślała, że mógłby już sobie pójść. Ale coś jeszcze przyszło jej do głowy.

— Proszę pana, czy pan może mi oddać jeszcze jedną przysługę i wnieść walizki do mieszkania? Muszę wejść na trzecie piętro, a tu, zdaje się, nie ma nikogo, kto by mi pomógł.

Chwilę później wszyscy w sklepie zobaczyli, ku swemu wielkiemu zdziwieniu, że człowiek w ogromnym płaszczu wyszedł z walizkami, niosąc je bez najmniejszego wysiłku, tak jakby były dwoma nożami do tortu.

W mieszkaniu na górze pani Eriksson stała przy kuchni, na której gotowała się co najmniej trzykilogramowa szynka. Elżbieta właśnie wróciła ze szkoły po zakończeniu półrocza. Była w swoim małym pokoju za kuchnią. Henryk też dopiero co wrócił ze szkoły. Siedział na kanapie, zmieniając buty.

Wtem zadzwonił dzwonek u drzwi.

Pani Eriksson, szumując wywar z szynki, zawołała:

— Ktoś dzwoni!

Elżbieta otworzyła drzwi od swego pokoju i powiedziała:

— Ktoś dzwoni do drzwi!

Gdzieś z głębi mieszkania Henryk krzyknął, że ktoś dzwoni. Potem coś jeszcze dodał na temat butów.

— Co on mówi? — spytała pani Eriksson. — Czy możesz otworzyć?

Elżbieta otworzyła drzwi i zobaczyła człowieka z gołą głową i twarzą jak księżyc w pełni. Niósł dwie walizki.

— Ja tylko przyniosłem walizki — powiedział, wchodząc bezceremonialnie do holu. — Można tu postawić? — spytał, stawiając je na podłodze. — Zawsze kłopot z bagażem w tłoku przedświątecznym. Ale już wszystko w porządku. To nie była żadna trudność — zwrócił się do pani Eriksson, która ukazała się w drzwiach.

Henryk stał w drugich drzwiach, w samych skarpetkach.

— Zaszedłem właśnie do sklepu w poszukiwaniu noży do ryby, więc nie sprawiło mi to żadnego kłopotu — powiedział człowiek, podkreślając ruchem ręki, że nie ma o czym mówić. — Nie będę już państwu zabierał czasu — rzekł i wycofał się.

Kiedy zamknął drzwi, Elżbieta schyliła się i popatrzyła na wizytówki. „Agda Eriksson" — odczytała.

— To ciocia Agda! — wykrzyknęła.

Pani Eriksson też się nachyliła, chcąc sama przeczytać. Jej syn, Henryk, również się nachylił.

— Dzień dobry — powiedział. — Spaliście dobrze?

— Dzień dobry — odparła Elżbieta. — Ładny dzień dziś mamy.

— Przestańcie się wygłupiać — powiedziała pani Eriksson. — Kto to był?

— Słyszałam tylko, jak coś gadał o nożach do ryby — rzekła Elżbieta. — A potem powiedział, że walizki zawsze sprawiają kłopot, choć wcale nie było z nimi trudności.

Pani Eriksson nie wiedziała, co o tym myśleć. Kim był ten człowiek, który wpakował się do mieszkania i coś tam plótł o nożach do ryby? Ogarnęło ją to samo pełzające nieprzyjemne uczucie, jakiego doznała, zobaczywszy na krześle kuchennym kapelusz podobny do grzyba. A na domiar złego, ciocia Agda przyjechała w samym środku gorączkowych przygotowań przedświątecznych.

Pani Eriksson stała, patrząc na walizki.

Potem wróciła wolno do kuchni, gdzie szynka świąteczna gotowała się na małym ogniu tak spokojnie, jak gdyby nie groziły żadne niebezpieczeństwa.

ROZDZIAŁ PIĄTY

Pan Omar studiuje „Kurier Palmowy"

Bardzo, bardzo daleko stąd, w oazie Kaf na pustyni arabskiej, pan Omar siedział w swoim letnim namiocie i czytał ilustrowane pismo, noszące nazwę „Kurier Palmowy".

Pan Omar mieszkał zasadniczo w Djof, uroczym i pięknym mieście w głębi Arabii. Jednakże na ulicach Djof roją się orientalnym zwyczajem tłumy ludzi, dlatego też pan Omar wolał spędzać swój wolny czas w spokojnej i cichej oazie. Uważał, że w mieście bywa czasem zbyt tłoczno.

Teraz była połowa grudnia, czyli okres szczególnych upałów. Kurz stał w powietrzu, a słońce lało się na pustynny piasek niczym roztopione złoto. Lecz w pięknym, urlopowym namiocie pana Omara panował cień. Na zewnątrz wiatr lekko szumiał w liściach palm i mogło się wydawać, że to pada deszcz.

Omar podniósł oczy znad gazety i spojrzał na bezkresną pustynię. Zobaczył w oddali rząd wielbłądów kroczących majestatycznie po piasku, który zdawał się drżeć z gorąca. On sam posiadał trzy wielbłądy: Rubina, Szmaragda i Diamenta. Stały w letniej stajni, zajęte przeżuwaniem.

Omar powrócił do lektury „Kuriera Palmowego”, czyli „Palmiaka”, jak go w skrócie nazywano — pisma bardzo popularnego i dobrze redagowanego. Jest ono znane zwłaszcza dzięki błyskotliwym artykułom o zagranicznych krajach i miastach. Te źródłowe, dobrze napisane artykuły interesują zarówno dzieci, jak i dorosłych. Zabawne i zarazem pouczające, zawierają wiele ciekawych wiadomości z różnych części świata. „Kurier Palmowy” znany jest na całym Bliskim Wschodzie właśnie z powodu tych ciekawych, dobrze redagowanych artykułów na temat obcych krajów. Ale też „Palmiak” zatrudnia cały sztab obrotnych i znających się na rzeczy współpracowników, biegłych w dziedzinie geografii. Trudno sobie wyobrazić lepsze pismo. Każdy czyta „Kurier Palmowy”.

38

— Czytałeś ostatni numer „Palmiaka"? — pytasz znajomego na ulicy. — Ten odcinek o Kongo? Dobry, co? — mówisz, a potem żegnasz się, dodając: — Pozdrowienia dla żony!

Albo też spotykasz kogoś z twoich przyjaciół na Wielkim Bazarze i mówisz:

— Jak się masz, Hussein! Dawnośmy się nie widzieli. Pozwól, że zapytam, czy czytałeś ostatni numer „Palmiaka".

— „Palmiaka"? Oczywiście! — odpowiada Hussein, który ma prenumeratę na cały rok. — Ten odcinek o Sztokholmie? Dobry, co? — Po czym obaj prenumeratorzy żegnają się i odchodzą każdy w swoją stronę.

Wartość artykułów geograficznych w „Kurierze Palmowym" wzrasta jeszcze dzięki zdjęciom, zawsze wyraźnym, dobrze zrobionym, ciekawym i pięknym. Trudno sobie wyobrazić lepsze ilustracje.

Siedząc teraz w swoim letnim namiocie i przeglądając „Kurier Palmowy", pan Omar spostrzegł nagle fotografię ze Sztokholmu, dokładniej mówiąc z dzielnicy Vasastad. Widać było skrzyżowanie ulicy św. Eryka z ulicą Krasnoludków i zarys kilku innych ulic, a także dachów i kominów przykrytych śniegiem. „Vasastad w śniegu" — objaśniał napis pod zdjęciem.

Omar pomyślał o swoim przyjacielu, prywatnym detektywie Ture Sventonie, który mieszkał w Sztokholmie. Zaczął więc czytać artykuł ze specjalnym zainteresowaniem. Była w nim mowa o czymś w rodzaju wielkiego festiwalu, zwanego Bożym Narodzeniem.

Czytał o dziwnych starych tradycjach i zwyczajach związanych z tą uroczystością. Wszyscy dają sobie wtedy wzajemnie piękne i mile widziane upominki, które można wymienić, jeżeli się ich nie chce mieć. Dzieci dostają zabawki, a starzy ludzie ciepłe pantofle i papier listowy. Dużo osób życzy sobie otrzymać w prezencie dobrą najnowszą książkę, którą można by wymienić.

Całe miasto przykryte jest świeżym, bielutkim śniegiem. W każdym domu znajduje się choinka (rodzaj drzewa iglastego, które w Szwecji występuje masowo na rozległych obszarach) i na każdej choince ludzie zawieszają różnego rodzaju ozdoby i przyczepiają świeczki. W wieczór wigilijny, który zawsze wypada dwudziestego czwartego dnia miesiąca zwanego grudniem, zapala się świeczki na tych drzewach i wtedy dzieci szaleją z radości. W artykule było dalej napisane, że dzieci klaszczą wówczas w ręce, skaczą i tańczą z radości. Nawet dorośli czują się bardzo zadowoleni i szczęśliwi z okazji Bożego Narodzenia. Artykuł w „Kurierze Palmowym" informował również, że w tym okresie pojawiają się chmary Mikołajów, czerwono ubranych osobników, mających prawdopodobnie jakieś zadanie do spełnienia, choć to jasno z artykułu nie wynikało.

Omar przeczytał o tym wszystkim z największym zainteresowaniem.

— To byłaby naprawdę wielka przyjemność móc osobiście zobaczyć śnieżycę — mruknął sam do siebie. — Zostać zasypanym przez bielutki śnieg!

Patrząc na fotografię, na której widniały zaśnieżone dachy w Vasastad, Omar wpadł w zadumę. Nigdy w życiu nie widział śniegu. Z drugiej strony, odwiedzając Sztokholm przed kilkoma laty, był w Vasastad i przypominał sobie, że jest to dzielnica o wyjątkowo przyjemnej zabudowie, z dużymi, raczej staroświeckimi domami stojącymi w rzędach.

Omar spojrzał na pustynię. Jego oczy były ciemne i niezgłębione niczym orientalna noc.

Potem przeczytał artykuł jeszcze raz.

— Piękne, mile widziane prezenty, zwane świątecznymi podarkami — mruczał sam do siebie. — W każdym razie muszę o nich pamiętać. Najlepiej będzie pójść na Wielki Bazar w Djof. Zastanówmy się nad tym. Pan Sventon i jego sekretarka, panna Jansson. Czy jeszcze ktoś?

Zastanawiał się, ale nie mógł sobie przypomnieć nikogo więcej w Sztokholmie, komu powinien dać jakiś dobrze widziany podarunek — o ile by tam pojechał.

Cieszył się, że „Kurier Palmowy" poinformował go o tym uroczym zwyczaju. Uważał, że byłoby bardzo nieuprzejmie przyjechać bez prezentów. Ale „Kurier Palmowy" znany jest przecież dzięki swoim dobrze opracowanym, wyczerpującym artykułom z dziedziny geografii. Można na nich zawsze polegać.

Wyciągnął orientalny notes z inkrustacjami z masy perłowej i długopis. Potem wolno, z namysłem zaczął spisywać listę podarków świątecznych. Jeszcze się dotąd nie zdarzyło, żeby Omar, siedząc w samym sercu pustyni arabskiej, robił spis upominków gwiazdkowych. To naprawdę było trudniejsze, niżby sobie można wyobrazić

Diament, Szmaragd i Rubin uderzały kopytami w piasek. Wiatr szumiał monotonnie w liściach palm, a na horyzoncie ciągnął uroczyście następny sznur wielbłądów. Omar wolno i z prawdziwie wschodnią cierpliwością wpisywał do notesu kolejne, piękne prezenty świąteczne.

— Może i ja zobaczę Mikołaja — mruczał. I nagle wydało mu się, że w środku buchającego żarem morza piasku widzi jakby płat białego śniegu, a na nim kłębiące się roje Mikołajów.

ROZDZIAŁ SZÓSTY

Wraca człowiek
o twarzy jak księżyc

Na ulicy Krasnoludków zasiadano do niedzielnej kolacji. Działo się to na dwa dni przed wigilią. Jak na niedzielę, kolacja była niezwykle codzienna. Najpierw zupa z puszki w kolorze jasnożółtym, w której pływało kilka kawałków szparaga.

— Dobra ta zupa — powiedziała ciotka Agda. — Jaka to?

— Szparagowa — odparła pani Eriksson.

Potem było nieapetyczne konserwowe mięso, włókniste i pływające w ogromnej ilości sosu.

Pani Eriksson nic nie powiedziała, spytała tylko, czy może ktoś chciałby sobie dobrać. Ciocia Agda odpowiedziała, że jeśli o nią chodzi, to nie chce już więcej. Pan Eriksson z roztargnioną miną wyłowił jeszcze jeden kawałek mięsa, który od razu utkwił mu między zębami.

— Trochę suche — powiedział Henryk, polewając sosem ziemniaki.

— Nie grymaś — rzekła pani Eriksson.

— Co to za gatunek mięsa? — spytała Elżbieta.

— Dobry w każdym razie. Możesz jeść — powiedziała jej matka.

W spiżarni były już nagromadzone różne smakołyki świąteczne, kiełbasy, marynaty, słoiki z dżemem i cała, bardzo obiecująca szynka. Pani Eriksson zapowiedziała, że nic nie może być ruszone przed wieczorem wigilijnym.

Henryk nabrał łyżką sosu i zaczął w nim szukać kawałków żylastego mięsa.

— Można było zacząć świąteczną kiełbasę — powiedział.

— Nie gadaj, tylko jedz — upomniała go matka.

Zawsze jest kłopot, gdy goście zjawiają się za wcześnie. Dziwne, że są ludzie, którzy potrafią przyjechać w samym środku przygotowań przedświątecznych. Najdziwniejsze w tym wszystkim jest to, że sami nie rozumieją, jakie to dziwne. Przyjeżdżają na trzy dni przed Bożym Narodzeniem i lokują się w małym pokoiku za kuchnią, jak gdyby nigdy nic.

Elżbieta musiała spać na składanym łóżku turystycznym, które trzeba było co wieczór wyciągać z szafy. Akurat w czasie gwałtu przedświątecznego!

Ale zapasów świątecznych nie wolno było w żadnym razie napocząć. Sonja Eriksson zachowała przez całą kolację całkowicie nieustępliwy wyraz twarzy.

— Dopóki święta się nie zaczną, musicie zadowolić się tym, co jest — wyjaśniła, jako że rzecz wymagała najwidoczniej wyjaśnień.

Ciocia Agda nie odzywała się. Była to duża, potężna wręcz osoba w wieku siedemdziesięciu pięciu lat. Posiadała kilka pięknych szlachetnych kamieni, natomiast nie posiadała żadnych krewnych poza rodziną Erikssonów. O ile kamienie w pierścionku, który nosiła na palcu, należały do klasy światowej, o tyle mięso na ulicy Krasnoludków było tak twarde i łykowate, że ciotka zastanawiała się, czy w ogóle lubi swoich krewnych, czy też nie. Trudno jej było to rozstrzygnąć.

Jubiler nie był zadowolony z ciężkiej atmosfery, jaka zapanowała przy kolacji. Koniunktura w branży platerów może w każdej chwili się zmienić. Interesy w Vasastad mogą bardzo łatwo ulec kryzysowi. Więc gdy się pomyśli, że istnieje starsza, samotna krewna, posiadająca rubiny koloru krwi, z tych najlepszych na świecie, człowiek od razu czuje się bezpieczniej. „Gdyby tylko Sonja miała lepszą głowę do interesów — pomyślał pan Eriksson. — Ale ona jest taka nierozważna". Jubiler Eriksson był wyjątkowo spokojnym człowiekiem i bardzo nie lubił nabrzmiałej atmosfery.

Poza tym nie opuszczał go niepokój z powodu kapelusza na krześle kuchennym. Ciągle o nim myślał. A także o pęczku kluczy. Co prawda zginął tylko mały komplet kluczy domowych i na poczekaniu dorobiono mu nowe do drzwi kuchennych i do holu. A klucze do sklepu były bezpieczne. Mógł w każdej chwili włożyć rękę do kieszeni i stwierdzić, że tam są. Niemniej ta historia z kluczami domowymi była niepokojąca. Tak samo kapelusz i ślady stóp. A teraz, na domiar złego, doszła jeszcze sprawa mięsa.

Jubiler był coraz bardziej zdenerwowany.

— Jedzmy już — powiedział nagle, groźnie spoglądając wokoło.

Kiedy skończyli, odezwał się Henryk:

— Będziesz naszym Mikołajem, prawda, tatusiu?

W każdej szwedzkiej rodzinie musi być, oczywiście, Mikołaj, który rozdaje świąteczne prezenty. Wszystko ma jednak swoje granice. Tym razem jubiler nie chciał być Mikołajem.

— Przecież tatuś zawsze był Mikołajem — powiedziała Elżbieta.

— Ja odkurzę maskę — zaofiarował się Henryk.

— A ja zreperuję płaszcz, jeżeli są jakieś dziury.

— Cicho bądźcie, jedno z drugim!

Pan Eriksson już zbyt wiele razy był Mikołajem, a nie ma gorszej rzeczy niż coś takiego.

— Oczywiście, że będziesz Mikołajem — wtrąciła się jego żona. — Przecież zawsze byłeś. — Chciała, żeby wszyscy zapomnieli o przykrym nastroju podczas kolacji. Lecz ciocia Agda wciąż milczała. Piła kawę, nie odzywając się ani słowem. Panią Eriksson ogarnął niepokój. Jakoś nie udawało się rozproszyć ciężkiej atmosfery. Nie przestała im towarzyszyć nawet, gdy przeszli do saloniku, i zawisła jak chmura gradowa nad kanapą, na której sypiał Henryk junior.

— Jak to miło, że ciocia przyjechała — powiedziała pani Eriksson — i że spędzimy razem święta. Będziesz Mikołajem, prawda, Henryku? Nie byłoby prawdziwych świąt, gdyby Henryk nie był Mikołajem — wyjaśniła cioci.

— Oczywiście, że będzie! — zawołał Henryk junior z drugiego pokoju.

Jubiler wstał bez słowa. Z filiżanką kawy w ręku wyszedł z saloniku. Nie było to dobre posunięcie, zważywszy nastrój. Pani Sonja stwierdziła, że chmura gradowa staje się coraz ciemniejsza. „Żeby tak Henryk był lepszy do interesów" — pomyślała.

Jubiler usiadł przy małym stoliku w holu, z nadzieją na chwilę spokoju. Kółka z kluczami, kapelusze, twarde mięso i jeszcze do tego Mikołaje. I wieczne o to kłótnie! Postanowił, że nie będzie odgrywał Mikołaja, cokolwiek by się nie stało. Pierwszy raz w życiu przyszła mu taka myśl do głowy.

Siedział, rozmyślając nad sensem świąt Bożego Narodzenia. Po co one w ogóle są? Nagle dostrzegł kawałek papieru w skrzynce na listy. Z pewnością jakieś ogłoszenie, prawdopodobnie, że staniały usługi którejś pralni chemicznej. Tak jakby ktokolwiek przy zdrowych zmysłach myślał o praniu akurat w czasie najgorszej gorączki przedświątecznej. Mogło to też być coś na temat środków przeciwko molom. Równie bezsensowne. Bo niby kto rozsądny...

Ale wziął jednak arkusik papieru i zaczął czytać. Przeczytał raz. A potem usiadł i przeczytał jeszcze drugi raz.

DO PANA DOMU
Poufna informacja przed świętami Bożego Narodzenia.

Nadeszło znów Boże Narodzenie, największe święto w roku, święto rodziny i rodzinnego domu. Dzieci czekały na nie z utęsknieniem, oczy ich zajaśnieją, kiedy nastanie nareszcie ta radosna pora, ten wielki dzień.

Pan również bierze udział w szczęściu rodzinnym i radości, przeżywa Pan na nowo cały ten wspaniały nastrój wokół zapalonej choinki, na którą wszyscy czekamy, starzy i młodzi.

Ale — jest jedno ALE. I o tym ALE chcemy poufnie z Panem porozmawiać. Czy — z ręką na sercu — nie czuje się Pan odrobinę za stary, żeby odgrywać Mikołaja? Czy Pana to może gnębi? Niech nam Pan pozwoli opowiedzieć prawdziwą historię.

Pewien biznesmen miał kłopoty, interesy wymagały mobilizacji wszystkich jego sił, a równocześnie zmuszony był odgrywać Mikołaja. Najgorsze było to, że ów biznesmen czuł się za stary. Iluż to przemęczonych ojców nie czuje tego samego przed świętami? Mikołaj nie będzie mógł odpocząć, dopóki nie rozda wszystkich prezentów. A poza tym zawsze zostaje rozpoznany, więc ryzykuje, że wszyscy będą się z niego śmiać. Ów biznesmen stwierdził, że w ogóle idei Mikołajów zagraża niebezpieczeństwo. Wtedy zwrócił się do nas. Wyłożył nam swój problem i oddał całą rzecz w race fachowców.

Niech Pan zrobi to samo! A potem nie musi Pan nawet być w domu. I tak nikt nie zauważy. Radzimy zadzwonić już dziś do firmy WŁASNY DOMOWY MIKOŁAJ i zamówić własnego Mikołaja. Uwaga! Rabat zależnie od wielkości zamówienia! Można otrzymać kredyt. Uwaga! Dostarczamy wyłącznie trzeźwych i rzetelnych Mikołajów.

Pan Eriksson zatopił się w myślach i po raz trzeci przeczytał prospekt. Potem ostrożnie go złożył i wsunął do kieszeni. Energicznym krokiem wrócił do salonu i rzekł:

— No to, ciociu Agdo, napijmy się wszyscy jeszcze trochę kawy.

Zrobiła się noc. Miasto udało się na spoczynek. Rodzina Erikssonów z ulicy Krasnoludków też udała się na spoczynek. W zimowych ciemnościach wszystkie zegary na wieżach miejskich zaczęły wydzwaniać północ.

Jubiler Eriksson i jego żona drzemali w sypialni. W saloniku spał na kanapie Henryk Eriksson junior. Elżbieta spała w drugim pokoju na składanym łóżku, wyjętym z szafy.

W małym pokoiku za kuchnią leżała ciotka Agda, nie mogąc zasnąć. Dawno już było po północy i godziny mijały jedna za drugą, a ona wciąż nie spała. Leżała, zastanawiając się, czy przyjemnie jej tu być, czy nie. Twarde mięso na kolację, kiedy się raz jeden przyjeżdża w odwiedziny! I to do jedynych krewnych, których się ma. A równocześnie spiżarnia pełna jest dobrych rzeczy.

Na stoliku koło łóżka leżał pierścionek z wielkimi kamieniami i lśnił dystyngowanie i jedwabiście.

Ciotka Agda wstała z łóżka i włożyła szlafrok. Była głodna. Każdy ma prawo być głodny po takiej kolacji. Teraz nic już jej nie powstrzyma! Zapasy świąteczne, których nie wolno było tknąć, leżały na półce w spiżarni.

Otworzyła drzwi. Do kuchni wpadało słabe światło z okna. Z okrzykiem przerażenia cofnęła się z powrotem do pokoju i zaryglowała drzwi.

W kuchni siedział na krześle człowiek o twarzy jak księżyc w pełni.

ROZDZIAŁ SIÓDMY

Jubiler Eriksson
odwiedza Ture Sventona

Każdy, kto idzie ulicą Królowej, dochodzi prędzej czy później do domu, w którego bramie wisi szyld z napisem:

T. SVENTON
Praktykujący Prywatny Detektyw

Ulica Królowej jest bardzo ruchliwa. Spośród licznych przechodniów większość udaje się właśnie do Sventona, najbardziej wziętego prywatnego detektywa w kraju. Są oczywiście tacy, co idą tamtędy w jakimś innym celu, bo na ulicy Królowej jest moc różnych sklepów. W każdym jednak razie bardzo dużo ludzi podąża do Sventona.

Jubiler Henryk Eriksson był jednym z nich, i to w dniu poprzedzającym wigilię Bożego Narodzenia, czyli akurat w najbardziej pracowitym dniu z całego roku. W taki dzień żaden jubiler nigdy by nie opuścił swego sklepu, chyba że z bardzo ważnej przyczyny, na przykład gdyby mu ukradziono klucze. Pan Eriksson trzymał w ręku dużą papierową torbę.

W poczekalni Sventona był jak zwykle nieopisany tłok. Pan Eriksson usiadł na kanapie, trzymając torbę na kolanach, i czekał. Siedział między starszą panią, której zginęło mieszkanie, a zamożnie wyglądającym mężczyzną w średnim wieku. Ów pan w jakiś niewytłumaczony sposób stracił narzeczoną, z którą był zaręczony od dziesięciu lat.

Panna Jansson, sekretarka Sventona, wpuszczała jedną osobę po drugiej do pokoju prywatnego detektywa, a potem je wypuszczała. W końcu przyszła kolej na jubilera.

— Sventon jestem — przedstawił się Sventon.

— Nazywam się Eriksson — powiedział jubiler. A potem nie bardzo wiedział, jak zacząć. Nie bywa się przecież codziennie u sławnego detektywa. Na biurku leżał wielki służbowy pistolet, a wokoło wisiały sztuczne brody i wąsy w dużym wyborze, przygotowane do natychmiastowego użycia, gdyby zaszła potrzeba szybkiego zamaskowania się. Sventon był człowiekiem niedużego wzrostu, przypominał z wyglądu jastrzębia i miał żwawy sposób bycia.

Jubiler położył torbę na stole i chrząknął. Uznał, że najlepiej będzie zacząć od początku.

— Moja żona bardzo dba o podłogi — rzekł.

— O podłogi? — Sventon spojrzał na niego badawczo.

— Tak. Zawsze są dobrze zapastowane i czyste. Nigdy nie wchodzimy do mieszkania w brudnych butach.

Sventon bębnił palcami po biurku.

— Ach tak? — powiedział.

— I wiem, że dzieci by nigdy...

— Chwileczkę — przerwał Sventon, wstając i zaglądając do papierowej torby. Zobaczył w niej kapelusz.

— Przepraszam — rzekł, i nie pytając, wyciągnął zawartość z torby. Obracał przetłuszczony, podobny do grzyba kapelusz

58

i przyglądał mu się ze wszystkich stron. Jubiler nie odzywał się, nie chcąc mu przeszkadzać.

— Pan jest jubilerem? — powiedział nagle Sventon.

Pan Eriksson podskoczył i o mało nie zaprzeczył. Nie dlatego, żeby coś było nie w porządku, jeśli chodzi o ten zawód, ale nikt nie lubi być przejrzany na wylot tak od razu. Jeżeli ktoś jest jubilerem, woli raczej sam to powiedzieć.

— Zginął panu pęczek kluczy — mówił dalej Sventon.

Jubiler ze zdziwienia byłby i temu zaprzeczył. Kiedy się trochę opanował, powiedział z pewną stanowczością w głosie:

— A więc, jak już mówiłem, moja żona bardzo dba o podłogi. Nie ma nigdy śladów mokrych butów...

— Ale któregoś pięknego poranka były ślady stóp na podłodze — rzekł Sventon. — Czy tak?

— Tak — mruknął niechętnie jubiler.

— A teraz zgubił pan pęczek kluczy?

Pan Eriksson musiał przyznać, że tak istotnie było.

— Klucze od sklepu? Od sejfu?

— Nie! — powiedział jubiler triumfującym, nie wiadomo dlaczego, głosem. — Wcale nie. Tylko od mieszkania.

— Aha!

— Tak zwany mały pęczek domowy.

— Ach tak! — rzekł Sventon. — Proszę mówić dalej.

— A więc — powiedział jubiler, poprawiając się w krześle — więc to było tak. — I zaczął wyjaśniać. Zaczął od początku, od sprawy podłogi.

Sventon stwierdził, że najmniej czasu straci, jeżeli pozwoli jubilerowi opowiedzieć o podłodze. Potem musiał wysłuchać jeszcze raz o kluczach od mieszkania, które zginęły.

— Kazałem natychmiast założyć nowe zamki do drzwi frontowych i kuchennych — mówił dalej jubiler. — Ale parę dni temu przyszedł klient i oglądał noże do ryby. Bardzo uprzejmy i sympatyczny, muszę powiedzieć. Zaofiarował się, że zaniesie na górę walizki.

Potem jubiler opowiedział wszystko o walizkach cioci Agdy i usłużnym kliencie.

Wniósł te walizki do holu i wtedy żonie zginęły klucze od drzwi. Te nowe. Leżały na stole w holu, jest tego pewna. Ten człowiek musiał je wziąć.

Sventon skinął głową potakująco.

— Proszę opisać jego wygląd — powiedział.

— Był duży i tęgi. Nigdy nie widziałem klienta z tak okrągłą twarzą. Zupełnie jak księżyc w pełni.

— Jeszcze jakieś znaki szczególne?

— Nie wiem... Ach tak! Powiedział, że lubi gotowanego miętusa.

— Mów pan dalej — rozkazał Sventon.

Pan Eriksson opowiedział o tym, jak ciocia Agda wstała w nocy i zobaczyła siedzącego na krześle w kuchni człowieka z okrągłą twarzą.

— To było niesamowite. Powiedziała, że nigdy nie spotkało jej nic bardziej okropnego. Dlaczego on tam siedział, na litość boską?

Jubiler otarł pot z czoła i spojrzał pytająco na Sventona.

— Prawdopodobnie spał.

— Spał?! Ale dlaczego?...

— Zaraz wyjaśnię — odparł Sventon, rzucając szybkie spojrzenie na zegarek. — Ten kapelusz należy do Stefka Niechluja. Mamy tu do czynienia z Wielkim Gangiem Platerowym.

— Gang Platerowy! — wykrzyknął jubiler, blednąc.

Wielki Gang Platerowy był postrachem jubilerów. Gang specjalizował się w platerach. Nigdy nie napadał na duże firmy w centrum i ograniczał się tylko do mniejszych sklepów. Zdarzało się, że znikały tony platerów za jednym zamachem.

Ciężko pracujący złotnik z dzielnicy Söder albo z Vasastad mógł jednego dnia mieć pełne półki najpiękniejszych platerów, a na drugi dzień te półki mogły być puste.

Nic więc dziwnego, że Henryk Eriksson, jubiler z ulicy Krasnoludków, zbladł, słysząc, co Sventon mówi.

— Wielki Gang Platerowy nigdy nie rozpruwa kas pancernych ani nie tłucze szyb w oknach, Po prostu zdobywają odpowiednie klucze, a dostarcza ich Stefek Niechluj. Stefek jest najbardziej niebezpiecznym zdobywcą kluczy, z jakim kiedykolwiek mieliśmy do czynienia. Umie wszędzie się dostać w ten czy w inny sposób i trafia prosto na klucze. Ma jakiś szósty zmysł, jeśli o nie chodzi. Albo nawet siódmy.

— Ale dlaczego nazywają go Stefkiem Niechlujem? — spytał jubiler.

— Na imię mu Stefan i jest wyjątkowo niechlujny — wyjaśnił Sventon. — Sprytny, ale niechlujny. Zabrał klucze, nikogo nie budząc, ale zostawił kapelusz w kuchni, prawda?

— Tak — odparł smętnie pan Eriksson, przygotowany na wszystko. — Ale nie znalazł kluczy od sklepu — dodał.

— Wtedy nie — rzekł Sventon. — Ale kiedy były już założone nowe zamki do drzwi, wszedł i wziął nowe klucze. Wystarczyło mu trochę porozmawiać o nożach do ryby i o gotowanym miętusie. A potem mógł już iść prosto na górę i zabrać je. Tej samej nocy wrócił, żeby wziąć klucze od sklepu. Wybrał wejście kuchenne. W kuchni usiadł na krześle, żeby odpocząć, i — nieostrożny, jak to on — zasnął. Wtedy właśnie zobaczyła go panna Eriksson. Kiedy się spostrzegł, że został wykryty, od razu sobie poszedł, nic nie mówiąc. Stefek Niechluj nigdy nie hałasuje. Cały Gang Platerowy pracuje w milczeniu i elegancko.

Jubiler nie mógł wydobyć słowa.

— Spójrz pan — rzekł Sventon, pokazując kapelusz. Były na nim inicjały SN. — Stefek Niechluj wie, że wszystkiego zapomina. Zwłaszcza kapeluszy. Naznaczył go literami SN i wydaje mu się, że nikt się nie domyśli, że to on go zapomniał. Ha! — rzekł Sventon, bębniąc palcami po stole.

— Co mam teraz zrobić? — spytał jubiler.

— Gdybyśmy tylko wiedzieli, kto jest przywódcą gangu — powiedział Sventon, patrząc w okno. Za szybą padały nadal piękne, duże płatki śniegu. — No i gdzie trzymają swoje łupy. Jeszcze się nam nie udało ich wytropić. Na razie.

— Ale co ja mam robić? — spytał po raz drugi jubiler. — Najgorsze jest to, że moja krewna, panna Eriksson — ta z walizkami — poprosiła mnie, żebym schował do sejfu jej pierścionek. To pierścionek z rubinami. Wyjątkowa rzecz. Musi być wart... No, w każdym razie zrobiłem to, ponieważ twierdziła, że boi się go nosić. Ale teraz oni na pewno przyjdą któregoś dnia i ukradną pierścionek razem ze wszystkim, co tam mam.

— Zrobią to, jak tylko zdobędą klucze. Proszę pamiętać moje słowa: Wielki Gang Platerowy nigdy nic nie wyłamuje i nic nie wybija.

Obaj siedzieli przez chwilę w milczeniu, zatopieni w myślach.

— Niech pan słucha — odezwał się wreszcie Sventon. — Proszę dobrze schować klucze na noc. Nie wpuszczać nikogo obcego do mieszkania. Gdyby klucze od sklepu zniknęły — a znikną na pewno — proszę do mnie natychmiast zadzwonić. Każda sekunda będzie ważna. Na razie nic więcej nie mogę zrobić. Do widzenia.

Jubiler wyszedł na ulicę Królowej. Był jeszcze bardziej zatroskany, niż kiedy przyszedł. Czekać, czekać, czekać... czekać, aż wszystko, co jest w sejfie, zniknie!

Henryk Eriksson czuł, że jego wiara w prywatnych detektywów została zachwiana. Zaczął podejrzewać, że ten zawód jest przeceniany.

ROZDZIAŁ ÓSMY

Własny Domowy Mikołaj

Dla kogoś, kto spodziewa się, że go okradną, obchodzenie właśnie wtedy świąt Bożego Narodzenia i udawanie radosnego nastroju jest niezwykle ciężką próbą cierpliwości. Taki ktoś zastanawia się bardziej niż zwykle nad celowością tych świąt. Co minutę wkłada rękę do kieszeni i sprawdza, czy są klucze. Jedyną pociechą jest to, że n i e m u s i s i ę być Mikołajem. Zajmuje się tym firma Własny Domowy Mikołaj. Własny Domowy Mikołaj przysyła doświadczonego fachowca, który wszystko załatwia, bierze na siebie uciążliwe rozdawanie prezentów i fachowo roztacza atmosferę życzliwości.

Kiedy Henryk i Elżbieta zapytali, jak zwykle: „Będziesz Mikołajem, prawda, tatusiu?", pan Eriksson nie odpowiedział. Zrobił tylko tajemniczą minę, świadczącą, że podejmie się tej roli. Program wieczoru wigilijnego był zawsze ten sam. Najpierw — zdaniem Henryka i Elżbiety — przez dobrych parę godzin nikt absolutnie nic nie robił. Łaziło się tylko z kąta w kąt i gadało, niepotrzebnie opóźniając ważny moment rozdania prezentów. Podczas tych krytycznych godzin Elżbieta i Henryk kręcili się — zdaniem rodziców — jak kury przed zniesieniem jajka. Ale naprawdę nie mieli co robić. Drzewko było ubrane, każda paczka dokładnie obmacana, gdziekolwiek by jej nie ukryto. Wszyscy mieli własne paczki od dawna przygotowane i zalakowane, opatrzone ogromną ilością pieczęci. Po prostu nie było już n i c do roboty.

W końcu, kiedy straciło się prawie całkiem nadzieję, zjawiał się Mikołaj ze swoim worem. A potem zaczynało się jeść. Bardzo dużo. W ciągu całego tego dnia Erikssonowie nie pozwalali sobie na przegryzanie czegokolwiek. Dlatego wieczorem mogli zjeść znacznie więcej niż zwykle. Najpierw szynkę i kiełbasy, i wszystko to, czego nie wolno było wcześniej napocząć, a następnie dorsza i ryż na słodko. Potem piło się kawę. Ci, co nie chcieli kawy, mogli zjeść kawałek marcepana.

Tak wyglądał każdy wieczór wigilijny w rodzinie Erikssonów na ulicy Krasnoludków. Ale tym razem wszystko było inaczej. Cały program został zachwiany. Ta wigilia nie była podobna do żadnej poprzedniej. W ogóle nie była podobna do niczego.

Więc przede wszystkim sprawa Mikołaja. Kiedy nareszcie nastała właściwa pora, dało się słyszeć, jak zwykle, pukanie do drzwi. Do tego momentu wszystko było w porządku, ale potem, zamiast takiego jak zawsze Mikołaja, weszła jakaś olbrzymia postać i ryknęła tak mocno, że aż dach zadrżał:

— Dobry wieczór wszystkim zebranym! Czy są w tym domu jakieś grzeczne małe dzieci?

W pokoju zrobiło się cicho jak makiem zasiał.

To nie był ten Mikołaj co zwykle — tamtego wszyscy znali niczym stary, wygodny mebel. Zaczęto więc rozglądać się po pokoju za tatusiem. Ale go nie było. Tymczasem nieznajomy Mikołaj, chyba największy, jakiego kiedykolwiek widziano, wyjął paczkę z worka i zagrzmiał strasznym głosem, aż echo rozległo się w pokoju:

— Dla Elżbiety z życzeniami świątecznymi od mamusi i tatusia! Czy Elżbieta była grzeczną dziewczynką? — ryczał dalej Mikołaj.

Elżbieta musiała podać mu rękę, dygnąć i powiedzieć „tak", zanim otrzymała paczkę.

To samo było z Henrykiem. Mikołaj grzmiał, Henryk musiał mu uścisnąć dłoń i zapewnić, że był bardzo grzeczny.

Potem przyszła kolej ciotki Agdy.

— Dla cioci Agdy z życzeniami wesołych świąt — przeczytał Mikołaj, krzycząc, jak mógł najgłośniej. A potem nastąpił wierszyk:

Nie ma drugiego, co tak cienko tnie,
Więc niewątpliwie docenisz mnie!

Zdziwiona i przestraszona ciotka podniosła się na krześle, lecz Własny Domowy ryknął:

— Usiądź, usiądź! Nie wstawaj, kochana cioteczko! — Więc ciocia opadła z powrotem na krzesło i otrzymała swoją paczkę, w której był nóż do krajania sera.

Jubiler siedział w pokoju obok i był tak zadowolony, że zupełnie zapomniał o Wielkim Gangu Platerowym. „Rzeczywiście doskonale wywiązujący się, sumienni ludzie — myślał. — Dobrze prowadzona firma".

Tymczasem pozostali domownicy ochłonęli trochę i zaczęli uświadamiać sobie, że to wszystko był żart. Nie można jednak tolerować czegoś takiego we własnym domu.

Henryk spojrzał na Elżbietę i kiwnął głową porozumiewawczo. Elżbieta popatrzyła na sufit i mlasnęła językiem na znak dezaprobaty.

W końcu Mikołaj wyciągnął paczkę dla pana Erikssona.

— Dla tatusia! Wesołych Świąt!

Ponieważ tatuś nie ukazał się, Mikołaj machnął paczką i zagrzmiał tak, że obraz o mało nie zleciał ze ściany:

— Dla tatusia!

Wtedy jubiler z uśmiechem na twarzy wszedł spokojnie do pokoju, trzymając ręce w kieszeni. Rozejrzał się radośnie. Wszyscy odpowiedzieli mu uśmiechem, ale nie całkiem szczerym. Bo posługiwanie się Własnym Domowym Mikołajem nie było jeszcze we wszystkich rodzinach uznawane.

Własny Domowy działał jednak dalej. Jego worek był coraz mniej wypchany. Kiedy wyjął ostatnią paczkę — z atrakcyjnym krawatem, który można wymienić — jubiler rzekł:

— Czy można zaprosić Mikołaja na kawę?

Lecz Własny Domowy skrzywił się pod maską i powiedział, że nie ma czasu. Moc innych rodzin czekało na świąteczne podarki. Przed odejściem roztoczył fachowo trochę radości świątecznej. Uszczypnął panią Eriksson w ucho, życząc jej prawdziwie przyjemnych świąt, upomniał dzieci, aby były wyjątkowo grzeczne po otrzymaniu tylu pięknych prezentów. Jubilera (który mu dał dwadzieścia pięć koron napiwku) poklepał po ramieniu i długo potrząsał mu dłoń, potem poklepał go jeszcze raz po ramieniu i wyraził nadzieję, że wszystko zostało załatwione ku jego zadowoleniu.

Kiedy później cała rodzina zasiadła do stołu i zapalono świece, pani Eriksson zauważyła, że brakuje przecieru jabłecznego. A jej mąż, jubiler Eriksson, spostrzegł, że brakuje też kluczy.

ROZDZIAŁ DZIEWIĄTY

Wizyta pod koniec urzędowania

Prywatny detektyw Ture Sventon z ulicy Królowej przygotowywał się do obchodzenia Bożego Narodzenia. Zamknął właśnie biuro na okres świąt. Na drzwiach wisiała tabliczka z napisem:

Panna Jansson, sekretarka Sventona, wyszydełkowała trzy tuziny łapek do garnków dla swojej siostry mieszkającej w Kungsholmen. Leżały w szufladzie w biurku, owinięte w wesoły papier świąteczny. Panna Jansson była ustawicznie bardzo zajęta, niemniej w wolnych chwilach, których właściwie nigdy nie miała, udało jej się wyszydełkować aż trzy tuziny.

Ture Sventon był najbardziej wziętym prywatnym detektywem w kraju. Chcąc zasięgnąć jego rady, ludzie musieli czekać w kolejce.

W tych okolicznościach jest w dwójnasób przyjemnie wywiesić na drzwiach napis ZAMKNIĘTE, zamknąć biuro wcześniej niż zwykle, wypić razem filiżankę kawy i życzyć sobie wzajemnie wesołych świąt, podczas gdy wielkie, bielutkie płatki śniegu padają na ulicę Królowej.

Sventon schował swój służbowy pistolet do szuflady w biurku i wyjął paczkę zawierającą książkę, którą miał ofiarować pannie Jansson na gwiazdkę. Wszedł do drugiego pokoju, gdzie wieloramienny świecznik jaśniał migotliwym, tajemniczym światłem. Na stole panny Jansson stała kawa, wspaniałe ciasto szafranowe i pierniki w kształcie gwiazdek z cukierni Rozalii. Leżało też duże pudło kartonowe, zapieczętowane lakiem i związane czerwonym sznurkiem. A na nim napis: „Dla Prywatnego Detektywa Ture Sventona z najlepszymi życzeniami wesołych świąt". To był prezent od personelu, to znaczy od panny Jansson.

Sventon usiadł przy stole i położył swoją paczkę obok kartonu. Świece migotały bardziej tajemniczo niż zwykle, kawa pachniała, a na dworze padał śnieg. Ruch na ulicy Królowej zaczął jakby słabnąć. Świąteczny spokój pomału ogarniał zagonione miasto.

Panna Jansson nalała dwie filiżanki kawy i włożyła do każdej po dwa kawałki cukru.

— Czy dostaliśmy jakiś raport o złodzieju tramwajowym? — spytał Sventon. Prywatny detektyw musi o wszystkim myśleć i, niestety, rzadko może liczyć na prawdziwy spokój świąteczny. (Złodziej tramwajowy był człowiekiem, który z niewiarygodną bezczelnością kradł całe tramwaje, przemalowywał je i sprzedawał jako domki kempingowe).

— Tak — odparła panna Jansson. — Nadszedł właśnie raport. Sprzedał cały ośrodek kempingowy z tramwajów, razem z zezwoleniem na łowienie ryb.

— Świetnie — powiedział Sventon, pociągając łyk kawy.

76

I właśnie wtedy, kiedy spokój świąteczny zaczął nareszcie ogarniać prywatnego detektywa T. Sventona i jego sekretarkę, ktoś zadzwonił do drzwi. Krótko i dyskretnie.

Sventon natychmiast odstawił filiżankę i spojrzał bystrym wzrokiem na drzwi. Panna Jansson też odstawiła filiżankę. Ktoś dzwonił mimo napisu ZAMKNIĘTE. W migotliwym świetle jakby jakieś cienie snuły się po pokoju. Oboje patrzyli na drzwi.

— Pewnie znowu sprzedawca odkurzaczy — rzekł Sventon. — Cóż za pomysł! W wieczór wigilijny!

— Lepiej nie otwierać — powiedziała panna Jansson, dolewając kawy. Za oknem wciąż padał śnieg.

Wtedy znów dał się słyszeć dzwonek, bardzo krótki i sympatyczny.

— Powiem, że nikogo nie ma — rzekła panna Jansson i poszła otworzyć.

W przyćmionym świetle stał na klatce schodowej, kłaniając się, wysoki mężczyzna w czarnej futrzanej czapce. Cały był zaśnieżony. Pod pachą trzymał kilka paczek.

— Biuro nieczynne — powiedziała panna Jansson. — Nikogo nie ma.

Człowiek ukłonił się tak głęboko, że śnieg z jego ramion spadł na podłogę. Panna Jansson już miała zatrzasnąć drzwi, gdy przybysz, powtarzając serię ukłonów, zdjął czarną czapkę futrzaną. Panna Jansson zobaczyła ku swemu zdumieniu, że ma na głowie czerwony fez, który krył się pod czapką.

— Wielkim jest dla mnie zaszczytem znów panią widzieć, panno Jansson — powiedział nieznajomy. Jego oczy były ciemne i niezgłębione jak arabska noc.

— Pan Omar! — wykrzyknęła panna Jansson i otworzyła szeroko drzwi przed ciemnoskórym gościem. — To pan Omar z Arabii! — zawołała w stronę pokoju.

— Niemożliwe! — krzyknął Sventon w odpowiedzi, gotów rzucić się po pistolet leżący w szufladzie. Prywatny detektyw jest stale narażony na niebezpieczeństwa z różnych stron i jeżeli ktoś dzwoni do drzwi i twierdzi, że przybył z głębi Arabii, to jest niewątpliwie powód, żeby się mieć na baczności.

Tymczasem w holu pan Omar zdjął swój pięknie skrojony, wschodni płaszcz podróżny. Kupił go u handlarza Alego Husseina na Wielkim Bazarze w Djof. Ciepłe płaszcze podróżne od Husseina miały licznych zwolenników. Wystarczyło włożyć taki

płaszcz w upał na bazarze i już się człowiek pocił. Im dalej się jechało na północ, tym mniej w nim było gorąco. A jeśli się dotarło naprawdę daleko na północ i trafiło na burzę śniegową, o poceniu się nie było już mowy. W rzeczywiście niskich temperaturach podróżni nieraz by woleli, żeby płaszcze od Husseina były jeszcze cieplejsze.

Pan Omar otrzepał płaszcz z tak arabską dokładnością, że tuman śniegu uniósł się nad schodami. Potem wyjął z kieszeni śliczną, wschodnią szczoteczkę podróżną w skórzanym futerale i przy jej pomocy dokończył dzieła oczyszczania. Następnie, żeby strząsnąć śnieg z kaloszy, zatupał nogami tak mocno, że aż echo rozległo się na klatce schodowej. W końcu, wśród ponownych ukłonów, wkroczył do biura Sventona.

ROZDZIAŁ DZIESIĄTY

Wieczór wigilijny prywatnego detektywa

— Pan Omar! — wykrzyknął Sventon, widząc, że to nie pomyłka.

— Jest dla mnie niezasłużonym zaszczytem — rzekł Omar — móc osobiście życzyć panu Sventonowi wesołych uroczystości Bożego Narodzenia.

— Serdecznie dziękuję, panie Omarze. Proszę usiąść. Panu też życzę wesołych świąt — rzekł Sventon.

Wszyscy troje usiedli. I zapanował wspaniały nastrój świąteczny. Ku ogólnemu zdziwieniu Omar położył kilka paczek obok tych, które leżały na stole panny Jansson. Wyjaśnił ze wschodnim spokojem, że są to podarki świąteczne. Jego oczy były niezgłębione jak noc.

— Niechże pan nam powie, panie Omarze — rzekł Sventon — skąd pan wiedział, że w naszym kraju mamy zwyczaj wymieniania prezentów na Boże Narodzenie.

— Właśnie! Czy w Arabii nie obchodzi się Bożego Narodzenia? — spytała panna Jansson. — Jeszcze filiżaneczkę, panie Omarze?

— Nie, nie obchodzi się — odparł Omar. — W mojej ojczyźnie nie mamy zaszczytu świętowania Bożego Narodzenia, co — moim skromnym zdaniem — wynika z tego, że ta uroczystość jest u nas całkowicie nieznana. Dziękuję serdecznie — rzekł, podając swoją filiżankę pannie Jansson, która nalała mu drugą porcję gorącej, doskonałej kawy. — Poza tym, niestety, nasza zima wypada w lecie — wyjaśnił.

T. Sventon przyglądał się uważnie wschodnim paczkom. Zauważył, że są opakowane w mocny brązowy papier i zawiązane mocnym grubym sznurkiem. Wydzielały delikatny, lecz wyraźnie odczuwalny zapach jakiegoś zwierzęcia domowego. Zarówno Sventon, jak i panna Jansson zwrócili uwagę na ten specyficzny zapach, który mieszał się z aromatem kawy.

Sventon nachylił się nieco i ostrożnie wciągnął powietrze nosem. Panna Jansson zrobiła to samo. Pochyliła się nad stołem i strzepnęła z obrusa parę ledwo widocznych okruchów, tak że jej nos znalazł się tuż nad wschodnimi paczkami.

Był to lekki i przyjemny zapach domowego zwierzęcia — ale jakiego?

— Niech pan nam powie, skąd pan się dowiedział o zwyczaju dawania prezentów? — spytał Sventon.

— Mam zaszczyt prenumerować „Kurier Palmowy" — odparł Omar.

— Ach tak? — rzekł Sventon.

— Naprawdę? — rzekła panna Jansson. — „Kurier Palmowy"?

— Tak — odparł Omar. — „Kurier Palmowy". Od wielu lat posiadam kwartalną prenumeratę tego pisma.

I pan Omar opowiedział, jak to siedząc w swym letnim urlopowym namiocie na pustyni, studiował ostatni numer „Kuriera". Przeczytał wtedy, że w święta Bożego Narodzenia w Sztokholmie jest zawsze biało i pięknie.

— Tak, tak — rzekł Sventon.

— Nie można powiedzieć, żeby zawsze tak było — wtrąciła panna Jansson.

— Niezmiennie — odparł pan Omar, kłaniając się uprzejmie. — W czasie tych świąt śnieg zawsze leży na ulicach miasta niczym biały, piękny dywan. „Kurier Palmowy" jest naszym czołowym pismem — wyjaśnił.

Opowiedział dalej, jak zobaczył zdjęcie przedstawiające dzielnicę Vasastad w śniegu.

— No tak, tak — powiedział Sventon.

— To się trochę zmienia. Nie każdego roku jest tak samo — rzekła panna Jansson.

Pan Omar skłonił się z tym samym nieodgadnionym uśmiechem. Widać było, że nie ma zamiaru się rozczarować.

— „W Kurierze Palmowym" przeczytałem również, że istnieje uroczy zwyczaj ofiarowywania przyjaciołom prezentów świątecznych. Dlatego też pozwoliłem sobie zakupić kilka małych drobiazgów, które można bez trudu zamienić na coś innego u nas na bazarze.

— Ach, jak miło! — wykrzyknęła panna Jansson. — Gdybyśmy byli wiedzieli...

Pan Omar z orientalnym taktem szybko zmienił temat rozmowy.

84

— Przeczytałem też w „Palmiaku" — bo tak nazywamy w skrócie tę gazetę — o jakichś czerwono ubranych osobach zwanych Mikołajami.

— Tak jest — rzekł Sventon.

— Ale, niestety — mówił dalej Omar — nie zdołałem dowiedzieć się dokładniej, jakie one mają zadania do spełnienia i jaką odgrywają rolę.

Panna Jansson i Sventon spróbowali wytłumaczyć Omarowi, skąd się wzięli Mikołaje, ale stwierdzili, ku własnemu zdumieniu, że to jest prawie niemożliwe. Omar ukłonił się w milczeniu i zaczęto mówić o czym innym.

Cóż może być przyjemniejszego niż siedzieć w biurze detektywa w wigilijny wieczór i rozmawiać z przyjaciółmi! To nie dlatego, że się ma coś przeciw spędzaniu świąt w domu, w rodzinnym gronie. Ale trudno sobie wyobrazić większą przyjemność niż popołudniowa kawa w wigilię Bożego Narodzenia w biurze prywatnego detektywa, które zostało zamknięte na okres świąt.

Na dworze pada śnieg, płomyki świec migoczą, a panna Jansson dolewa kawy... Można wypić jeszcze jedną filiżankę i zapalić dobre cygaro...

Każdy, kto kiedykolwiek spędził taki wieczór w wygodnym i nieczynnym biurze prywatnego detektywa, wie, jaki powstaje wówczas cudowny nastrój świątecznego dobrobytu.

Później, przed rozejściem się i złożeniem sobie życzeń wesołych świąt, otworzono paczki.

Najpierw dobrze zapakowaną arabską paczkę, wydzielającą lekki zwierzęcy zapach, który teraz stał się wyraźniejszy.

— Prosiłem na Bazarze, żeby mi bardzo dokładnie zapakowano moje skromne podarki gwiazdkowe, ponieważ jadę w daleką podróż — wyjaśnił Omar.

— Świetnie to zrobili — rzekł Sventon, łamiąc paznokieć przy rozplątywaniu sznurka.

— Pierwszą część drogi odbyłem, trzymając te skromne dary przed sobą na moim wielbłądzie Diamencie — wyjaśnił pan Omar.

— Ach, to dlatego — rzekł Sventon, który zdał sobie teraz sprawę, tak jak i panna Jansson, że wschodnia paczka pachniała wielbłądem. Zapach był bardzo przyjemny. Zamknąwszy oczy, można było wyobrazić sobie, że słyszy się szumiące palmy i że widać zalaną słońcem pustynię.

— Oczywiście, pan Omar ma przecież wielbłąda! — zawołała panna Jansson, której udało się wreszcie otworzyć swoją paczkę.

— Mam trzy — odparł Omar, kłaniając się skromnie. — Są to Diament, Rubin i Szmaragd.

Paczka panny Jansson zawierała wspaniałą arabską kawę w inkrustowanym pudełku. Sventon dostał małą palmę biurową w doniczce. Ponadto otrzymali też oboje po jednej arabskiej filiżaneczce do kawy, tak małej, że już nie mogłaby być mniejsza. W razie potrzeby te praktyczne filiżanki mogły być używane jako naparstki.

Ponadto Sventon dostał paczkę cicho strzelającej i niedymiącej arabskiej amunicji do swego służbowego pistoletu, a panna Jansson dzwonek wielbłąda. Wielbłądy wędrujące po pustyni noszą dzwonki, żeby je było słychać, gdy się zbliżają. Taki właśnie dzwonek Omar ofiarował pannie Jansson z okazji świąt.

Następnie panna Jansson otworzyła paczkę Sventona z książką. Było to wartościowe dzieło pod tytułem „Jak stać się Idealną sekretarką".

Panna Jansson milczała przez chwilę. A potem powiedziała.

— Ja naprawdę zawsze starałam się robić wszystko jak najlepiej. Od samego początku. Pamiętam, że...

— Ja też pamiętam — powiedział Sventon. — I to się pani udawało. Idealnie! To ma być na pamiątkę minionych dni, panno Jansson.

Panna Jansson otworzyła książkę, a Sventon wypuścił kłąb dymu ze swego świątecznego cygara.

Wymiana podarunków dobiegała końca. Pozostała już tylko jedna paczka: prezent od panny Jansson dla Ture Sventona — duże kartonowe pudło.

Sventon odłożył cygaro i wziął nożyczki. Omar siedział bez ruchu i patrzył. Panna Jansson wyszła z pokoju, wynosząc czajnik. Powiedziała, że to naprawdę jest zupełny drobiazg.

Ku ich zdumieniu, Sventon wyciągnął z kartonu kompletny strój Mikołaja z czapką i maską. Niczego nie brakowało.

— Nasz poprzedni zaczął się drzeć — powiedziała panna Jansson.

— Świetnie! — wykrzyknął Sventon. — Serdecznie dziękuję, panno Jansson.

Sventon miał pełny worek ubrań wszelkiego rodzaju, tak że mógł w każdej chwili przebrać się, za kogokolwiek chciał. Był tam też, oczywiście, strój Mikołaja z czapką i maską, ale bardzo

już stary i zużyty. Czapka była niemodna, a broda miała fason rzadko spotykany w obecnych czasach. Ktoś występujący w takim stroju mógł łatwo wzbudzić podejrzenia. Trzeba pamiętać, że w okresie Bożego Narodzenia może zaistnieć konieczność błyskawicznej gotowości. Jakże więc należy sobie cenić tak idealną sekretarkę!

Panna Jansson w wolnych chwilach — których nigdy nie miała — uszyła ten nowy, świetnie leżący strój. Sventon zaraz go przymierzył. W ramionach pasował bez zarzutu. Plecy też doskonale leżały. Broda i czapka miały najnowszy fason. Nikt więc nie mógł niczego podejrzewać.

— Może powinnam zwęzić trochę płaszcz... — powiedziała panna Jansson niepewnie, zbierając fałdę na boku.

— Nie potrzeba — rzekł Sventon. — W żadnym razie!

Potem znów pili kawę. Spróbowali mieszanki z arabskiego pudełka, podanej w maleńkich jak naparstek filiżankach. Zarówno Sventon, jak i panna Jansson zapewniali Omara, że nigdy w życiu nie pili tak wyśmienitej kawy świątecznej.

— Daleko mojej skromnej mieszance do doskonałości — rzekł Omar, kłaniając się.

Jedyną złą stroną wieczoru wigilijnego spędzanego w biurze detektywa jest to, że nagle na biurku panny Jansson zaczyna dzwonić telefon.

— Pozwólcie mi odebrać — rzekł Omar, który siedział najbliżej aparatu. — Halo! Tu biuro prywatnego detektywa Sventona. Nie, nie mam zaszczytu być osobiście panem Sventonem. Tak, pan Sventon jest obecny w biurze. Jeżeli łaskawy pan zechciałby poczekać chwileczkę, będę miał przyjemność zawołać pana Sventona. Zechce pan na razie przyjąć ode mnie najserdeczniejsze życzenia świąteczne — powiedział Omar.

Podał słuchawkę Sventonowi, mówiąc:

— Jakaś nieznana mi osoba życzy sobie przeprowadzić telefoniczną rozmowę z panem Sventonem. Prosi, żeby podkreślić, że sprawa jest pilna.

Sventon wziął słuchawkę.

— Halo — powiedział. — Tu Sventon.

Usłyszał zadyszany głos:

— Właśnie zginęły klucze!

— Aha — odparł Sventon, wycierając usta papierową serwetką. Prywatny detektyw jest przyzwyczajony do tego, że

wszystko ginie, Sventon więc wcale się nie zdziwił. — Z kim
mówię?

— Mówię z prywatnym detektywem Sventonem — odparł
głos, teraz już bardzo podniecony. — Ja...

— Kto? — spytał Sventon ostro.

— Żebym ja wiedział! Wiem tylko, że był tu Mikołaj z firmy
Własny Domowy Mikołaj, ale nie mam pojęcia, kto to taki.

— Kto mówi? — spytał Sventon. — Nazwisko!

— Jubiler Eriksson. Zginęły! Klucze od sklepu! Teraz to już
jest niebezpieczne!

Ture Sventon natychmiast zdał sobie sprawę z ogromu niebezpieczeństwa. Nie było ani sekundy do stracenia. Doświadczony
złodziej mający odpowiednie klucze może opróżnić każdy sejf.
W takiej sytuacji nawet mniej doświadczony złodziej potrafi
wszystko z niego wyjąć.

Sventon zastanawiał się w milczeniu. Wyglądał zupełnie jak ja-
strząb (jeżeli można sobie wyobrazić jastrzębia w stroju Mikołaja).

— Niech pan słucha — powiedział w końcu, a głos jego za-
brzmiał jak seria strzałów z pistoletu. — Proszę wysłać dzieci na
dół, żeby pilnowały sklepu. Niech się przebiorą w jakieś choćby

stare stroje Mikołajów, tak żeby Stefek Niechluj ich nie poznał. Będę tam za dwie minuty. Najdalej za trzy. I też będę przebrany za Mikołaja. Zagwiżdżę „W dzień Bożego Narodzenia", żeby wiedziały, że to ja. Żegnam.

Sventon rzucił słuchawkę, po czym włożył czerwoną czapkę na głowę i maskę na twarz.

— Proszę się ubrać w stary strój, który jest w worku — zwrócił się do Omara.

Omar ze wschodnią zwinnością włożył niemodny strój. Strój był znacznie za mały i Omar wyglądał w nim podejrzanie, ale Sventon liczył na to, że kiedy przykryje go gruba warstwa śniegu, nikt niczego się nie domyśli.

Wreszcie wsadził swój niebezpieczny pistolet służbowy do kieszeni, a Omarowi dał drugi, zapasowy. Chwilę później, na ulicy Królowej, dwaj Mikołaje wskoczyli do taksówki, która zniknęła w gęstej śnieżycy.

ROZDZIAŁ JEDENASTY

Operacja „Platery"

Obaj Mikołaje wysiedli z samochodu niedaleko sklepu Erikssona.

Padał wyjątkowo gęsty śnieg. Według informacji Biura Prognoz Meteorologicznych takich ilości śniegu nie było w Vasastad od siedemdziesięciu lat. Co pewien czas jakiś samotny przechodzień brnął chodnikiem, niosąc paczki albo małą, spóźnioną choinkę.

Sventon szybko skręcił w boczną ulicę i wciągnął Omara do jakiejś bramy, potem na podwórze i w końcu w jakieś drzwi. Światło w sieni nie paliło się, stali więc w ciemności, wyglądając przez szybę.

94

Sklep Erikssona był wprost przed nimi, po drugiej stronie ulicy, widzieli go doskonale. I wtedy zobaczyli coś niezwykle dziwnego, coś, z czym Sventon nigdy się dotąd nie spotkał.

Dwaj Mikołaje zdejmowali platery z półek. Jeden był ogromny, drugi wyjątkowo mały. Pracowali szybko i sprawnie. Towary układali ciasno w torbach i workach. Gdy tylko zjawiał się jakiś przechodzień, przestawali pracować i chowali się za ladę. A potem znów brali się do roboty. Ktoś musiał im dawać znaki.

— Chodźmy — rzekł Sventon.

Opuścili ciemną bramę i wyszli na ulicę. Natychmiast obaj złodzieje przestali zgarniać platery i schowali się za ladę.

— Niech się pan dobrze rozgląda — powiedział Sventon. — Podejdziemy do okna — rzekł, sprawdzając, czy ma pistolet w kieszeni. — Proszę się przygotować.

Omar wykonał prawie niedostrzegalny arabski ukłon i też sprawdził, czy jego pistolet rezerwowy znajduje się na właściwym miejscu.

Doszedłszy do jasno oświetlonego okna wystawowego Erikssona, obaj stanęli, udając, że przyglądają się towarom.

— To coś dla nas — rzekł jeden z Mikołajów i wskazał platerowaną ramkę z fotografią gwiazdy filmowej. — Akurat to, co trzeba — dodał, rechocząc w sposób całkiem naturalny.

— Wyjątkowo piękna ramka — zarechotał też drugi zupełnie swobodnie, w arabskim stylu. Ktokolwiek by ich podsłuchiwał, nie mógłby mieć najmniejszych podejrzeń.

Doświadczony prywatny detektyw wyczuwa natychmiast, że jest obserwowany. Sventon wiedział, że ktoś na niego patrzy, choć nikogo nie dostrzegał. Nie chciał jednak ani odwracać się, ani rozglądać.

— Gdzie są dzieci Erikssona? — szepnął pod maską. Zagwizdał cicho „W dzień Bożego Narodzenia" i od razu obaj z Omarem poczuli, że ktoś ich lekko drapie w nogę. Spojrzeli w dół i zobaczyli pod oknem wystawowym mały otwór wentylacyjny piwnicy. Siedzieli w nim dwaj mali czujni Mikołaje w czerwonych czapkach.

— Wujaszku Sventonie! — szepnął ktoś w głębi piwnicy.

Sventon schylił się, udając, że zawiązuje sznurowadło. Omar zrobił to samo.

— No i co? — spytał Sventon, mocując się ze sznurowadłem. Omar też nie mógł sobie jakoś poradzić ze swoim.

Jeden z małych Mikołajów szepnął:

— Dwaj są w sklepie.

— Tak — szepnął Sventon.

— Dwaj — powtórzył arabski rezerwowy Mikołaj ledwo dosły-szalnym szeptem.

— A inni dwaj trzymają straż gdzieś na ulicy — powiedział drugi mały Mikołaj.

— Aha — rzekł Sventon, który dzięki swemu długoletniemu doświadczeniu wiedział już, że jest obserwowany.

— I jeszcze dwaj na ulicy! — zamruczał arabski Mikołaj, za-wiązując po raz trzeci sznurowadło.

— Zostańcie tam, gdzie jesteście, młodzi przyjaciele, i bacz-cie na wszystko — powiedział Sventon cichym głosem.

— Dobrze — odpowiedzieli dwaj mali Mikołaje, a obaj duzi, którym nareszcie udało się zawiązać sznurowadła, wyprostowali się.

Sventon odwrócił się — i zaniemówił. Dwa kroki za nim stał bez ruchu, wpatrując się w niego, jakiś straszny Mikołaj.

Okropną rzeczą jest, gdy się nie wie, kim jest taki Mikołaj. Widać tylko maskę z dwoma złowieszczymi otworami na oczy i trupio białą brodę. Wśród prywatnych detektywów tego rodzaju Mikołaje uchodzą za najbardziej niebezpiecznych i nieprzyjemnych spośród wszystkich, jakich tylko można spotkać. Niektórzy prywatni detektywi z wieloletnim doświadczeniem w różnych dziedzinach woleliby spotkać dziesięciu rozdrażnionych zamachowców rzucających bomby niż jednego takiego Mikołaja.

Omar też, gdy się odwrócił, zobaczył tuż za sobą równie ponurą postać, stojącą bez ruchu w śnieżnej zadymce i patrzącą na niego przenikliwym wzrokiem. Nie ulegało wątpliwości, że obaj wartownicy zaczęli coś podejrzewać.

— Jaka ładna solniczka — rzekł Sventon, spoglądając na okno wystawowe.

— Idealna do przechowywania soli — dodał Omar.

— A ta cukiernica! — powiedział Sventon, pokazując palcem.

— Zachwycająca solnica! — rzekł Omar. — Cukierniczka, chciałem powiedzieć.

— Szkoda, żeśmy nie kupili kilku takich cukiernic, póki sklep był otwarty — mówił dalej Sventon, jak tylko mógł najswobodniej.

98

Dwaj nieznajomi Mikołaje, usłyszawszy tę rozmowę, przysunęli się bliżej. Jeden z nich powiedział stłumionym przez maskę głosem:

— Ręce do góry!

A drugi powtórzył jeszcze bardziej przytłumionym głosem:

— Ręce do góry!

Sventon miał teraz dwie możliwości do wyboru. Albo stać tam, gdzie stał, choć to było niebezpieczne (obaj nieznajomi w maskach, należący niewątpliwie do Wielkiego Gangu Platerowego, byli na pewno uzbrojeni po zęby), albo wycofać się ostrożnie i zawezwać posiłki. W tym wypadku jednak wszyscy Mikołaje z gangu — i ci działający w sklepie, i ci pełniący wartę na ulicy — zniknęliby z całą pewnością w śnieżnej zawiei, a jego widoki na wykrycie gangu przepadłyby wraz z nimi.

Prywatny detektyw Ture Sventon postanowił zostać.

ROZDZIAŁ DWUNASTY

Jeden z Mikołajów znika

Kiedy dwaj nieruchomi Mikołaje spostrzegli, że ci drudzy dwaj zamierzają tkwić dalej przed oknem wystawowym i udawać, że przyglądają się upominkom świątecznym, nagłym ruchem dotknęli prawą ręką kieszeni.

T. Sventon wiedział z wieloletniego doświadczenia, co taki ruch oznacza. Mikołaje byli uzbrojeni. W takich okolicznościach, podczas meteorologicznej zadymki, na pustej ulicy Vasastad, wszystko mogło się zdarzyć.

Sventon błyskawicznie przystąpił do akcji. Zastosował manewr znany wśród prywatnych detektywów jako „fortel wielkiego worka nocnego".

Złapał worek z podarkami świątecznymi, jednym ruchem ręki wytrząsnął na ulicę wypełniające go gazety, błyskawicznie zarzucił worek na głowę najbliżej stojącego Mikołaja, pociągnął w dół i zawiązał mu go aż pod kolanami. Pan Omar ze wschodnią zwinnością zrobił to samo. Opróżnił swój rezerwowy worek, wciągnął go na głowę drugiego Mikołaja i związał pod kolanami więźnia. Obaj wartownicy stali się całkiem bezbronni. Nie widzieli absolutnie nic i nie mogli nawet ręką ruszyć w ciasnych, solidnie uszytych workach.

Worki te były specjalnie skonstruowane i wiele już razy uratowały życie Sventonowi i jego pomocnikom. Mnóstwo innych detektywów też zawdzięcza życie takim właśnie workom. Ponieważ zdumionego przestępcę otacza nagle całkowita ciemność, worek ów zwany jest „wielkim workiem nocnym".

Worki nocne są odpowiedniej szerokości i długości; sięgają pełnoletnim przestępcom do kostek i wyposażone są w mocny sznur, który prywatny detektyw jednym zgrabnym ruchem zawiązuje pod kolanami schwytanego zbrodniarza. Potem można już obchodzić się z wszystkim razem jak z paczką. Wielki worek nocny jest wyjątkowo łatwy do noszenia (gdy tylko opanuje się właściwy chwyt), tani w obsłudze i zajmuje mało miejsca, kiedy jest zwinięty. Nadaje się równie dobrze dla dużych, jak i dla małych przestępców, a ponadto nie ulega wpływom atmosferycznym. Można go używać zarówno w lecie, jak w zimie. W lecie, żeby nie wzbudzać podejrzeń, prywatny detektyw może przed użyciem worka napełnić go świeżo ściętą trawą. W zimie często widzi się detektywów niosących w workach nocnych drzewo na opał lub węgiel po to, żeby wyglądać naturalnie.

Oczywiście, w okresie świąt Bożego Narodzenia najlepiej udawać, że worek nocny służy do noszenia prezentów.

Dwaj mali Mikołaje w okienku piwnicznym przyglądali się temu wszystkiemu z zapartym tchem. Żeby lepiej widzieć, wychylili się prawie do połowy poza okienko.

— Szybko, młodzi przyjaciele! — zawołał Sventon. — Pokażcie nam drogę do piwnicy.

Po sekundzie obaj mali Mikołaje ukazali się w drzwiach i poprowadzili ich na dół do piwnicy.

Sventon i Omar nieśli paczki z największą łatwością. Gdy jeden z ujętych próbował się wyrwać przed wejściem do piwnicy, wystarczyło, by Sventon lekko przycisnął mu pistolet do plecców.

Tak samo Omar nic więcej nie musiał zrobić, jak tylko lekko, po arabsku, trącić swoją paczkę pistoletem, i wszelkie próby sprzeciwu były udaremnione. W ten sposób obie paczki łatwo zostały obezwładnione i nie wykazywały już chęci wydostania się na wolność.

W piwnicy państwa Erikssonów znajdowały się, między innymi, worek kartofli i mniejszy worek marchwi z rodzinnego gospodarstwa na wsi. Na półkach stały słoiki z dżemem i przecierem jabłecznym, leżało też trochę zimowych jabłek, zawiniętych w papier.

W okresie Bożego Narodzenia takie pomieszczenie nadaje się znakomicie jako tymczasowy skład paczek. Sventon i Omar położyli obie paczki na ziemi, ściągnęli mocniej sznury, ostrzegli więźniów, żeby zachowywali się spokojnie, i na wszelki wypadek okręcili im dodatkowym kawałkiem sznura ramiona, nogi i tułów.

Wszystko to odbyło się niesłychanie szybko. Ten, kto widział prywatnego detektywa posługującego się workiem nocnym, wie, co znaczy tempo.

Drzwi do piwnicy zostały zamknięte i czterej Mikołaje pośpiesznie wrócili na górę.

— Dobrze zrobiona robota, młodzi przyjaciele — zwrócił się Sventon do Henryka i Elżbiety. — Miejcie oczy otwarte. Może będziemy was jeszcze potrzebować.

Sventon i Omar zbliżyli się ostrożnie do okna wystawowego. Odkąd ulica została oczyszczona z Mikołajów, powietrze wydawało się lżejsze. I łatwiej było obserwować wnętrze sklepu. Wszystko to miało ogromne znaczenie dla prywatnego detektywa na zwiadach.

Sventon zauważył głowę niedużego Mikołaja, który siedział schowany za ladą i wyglądał spomiędzy kandelabra i misy, mogącej służyć bądź jako sosjerka, bądź jako chrzcielnica. Mikołaj ten najwyraźniej czekał na znak. Sventon podniósł rękę do góry i natychmiast drugi Mikołaj, kolosalnych rozmiarów, wylazł spod lady i obaj zabrali się do zgarniania platerowanych przedmiotów. Talerze, półmiski, świeczniki, ramki, noże, widelce, łyżki, solniczki, cukiernice, noże do tortów, noże do sera — wszystko wędrowało do worków. Dziesiątki kilogramów najpiękniejszych platerów znikały z półek. To było coś niewiarygodnego!

— Teraz! — rzekł Sventon. — Uwaga!

— Poczytam sobie za zaszczyl móc uważać — odezwał się rezerwowy arabski Mikołaj, po czym obaj, Sventon i on, wsadzili ręce do kieszeni, żeby sprawdzić, czy pistolety są na podorędziu.

Drzwi do sklepu były otwarte.

— Co tu robicie? — odezwał się ogromny Mikołaj, wrzucając do worka komplet widelców. — Zostańcie na dworze i tam pilnujcie.

Ale mniejszy Mikołaj zesztywniał i cofnął się. To, co się potem stało, stało się tak prędko, że nikt nie zdążył się zorientować, co się właściwie stało.

Światło zgasło. W sklepie zapanowały ciemności, nawet w oknie wystawowym. Trudno było dostrzec własną rękę, a co dopiero Mikołaja. Sventon szybko wyciągnął z kieszeni latarkę. Z pistoletem w jednej ręce i latarką w drugiej odnalazł kontakt i zapalił światło.

— Co wy robicie! — warknął duży Mikołaj. Zgaścic to światło!

Mniejszego Mikołaja nigdzie nie było widać. Nie mógł uciec na ulicę, bo Omar stał w drzwiach, a innego wyjścia nie było.

Sventon otworzył drzwi do biura. Pokój był pusty. Świecił latarką w każdy kąt. Ale nikogo nie znalazł.

— Gdzie on jest? — mruknął Sventon pod maską.

— Co? Kto? — warknął wielki Mikołaj. Dopiero wtedy spostrzegł, że ten mniejszy gdzieś zniknął. — Niemożliwe! Nawiał? A to ci heca! Łapcie, co pod ręką, i spływamy! Szybko!

Sventon zamruczał coś niewyraźnie i złapał pierwszą lepszą torbę. Omar zamruczał coś jeszcze bardziej niewyraźnie i też złapał jakiś worek. Zanim opuścili sklep jubilera wraz z bagażem, Sventon jeszcze raz zlustrował błyskawicznie cały lokal. Poświecił latarką pod ladę, a potem w biurze pod stół i za firanki. W oknie była gruba żelazna krata. Zajrzał za sejf, który był zamknięty i wydawał się nienaruszony — najwidoczniej obaj gangsterzy nie zdążyli go jeszcze splądrować. Nigdzie nie było śladu mniejszego Mikołaja.

— Zabierajcie to, musimy uciekać! — warczał wielki Mikołaj, stojąc w drzwiach.

Trzej Mikołaje wzięli każdy po dwa ciężkie toboły i wyszli na ulicę, gdzie szalała śnieżna zawieja. Za nimi podążyli w odstępie paru kroków dwaj całkiem mali Mikołaje w czerwonych czapkach.

ROZDZIAŁ TRZYNASTY

Przejażdżka tramwajem w wieczór wigilijny

— Idźcie przodem — powiedział duży Mikołaj grubym głosem spod maski.

Sventon i Omar podnieśli ciężkie wory i ruszyli dwa kroki przed nim.

— Tak, żebym widział, co robicie — mówił dalej gruby głos. — I żebyście się zachowali lepiej niż poprzednim razem!

— To Stefek Niechluj — szepnął Sventon do Omara. — Człowiek o twarzy księżyca w pełni, jeden z Gangu Platerowego.

Omar skłonił się ledwo dostrzegalnie. Brnąc po śniegu, spotkali jakiegoś spóźnionego przechodnia, który z sympatią spojrzał na trzech Mikołajów obładowanych prezentami świątecznymi. Coraz częstszy widok, pomyślał spóźniony przechodzień. Lecz potem, ku swemu zdumieniu, spotkał jeszcze dwóch Mikołajów, całkiem małych. No, to już lekka przesada, pomyślał.

Omar podszedł, jak mógł najbliżej, do Sventona i szepnął:

— Moim skromnym zdaniem należałoby może odstawić teraz zarówno bagaż, jak i pana Stefka na policję.

— Nie, nie, panie Omarze — odparł szybko Sventon. — Musimy osaczyć cały gang. Stefek pokaże nam drogę do ich meliny. To, co tu mamy, nie jest wiele warte — dodał i tak mocno potrząsnął workiem, że aż w nim zabrzęczało.

— Ostrożnie! Nie drapcie srebra! — usłyszeli za sobą głos Księżyca w Pełni. — Pamiętajcie, że macie tak się wywiązać z roboty, żeby Wiluś był zadowolony. A teraz szybciej!

— Ha! — mruknął Sventon i przyspieszył kroku. — Panie Omarze — szepnął, jak tylko mógł najciszej — mamy do czynienia z Wilusiem Łasicą. Tak jak sądziłem.

Omar skłonił się w głębokim milczeniu.

— To Łasica stoi na czele Gangu Platerowego.

Omar skłonił się w jeszcze głębszym milczeniu.

— Spieszcie się, chłopcy! — doszedł ich z tyłu głos Księżyca w Pełni.

„Chłopcy" jeszcze bardziej przyspieszyli kroku.

— Gdzie poszedł Łasica? — spytał szeptem Sventon. — Pan stał przecież w drzwiach.

— Miałem zaszczyt stać w drzwiach, kiedy zgasło światło, i stałem tam nadal, kiedy pan był łaskaw je zapalić. Dlatego mogę zapewnić, że pan Łasica nie wyszedł przez drzwi.

Wilhelm (Wiluś) Łasica był najbardziej niebezpiecznym i najbardziej nieuchwytnym przestępcą w całym mieście, ba, nawet w kilku miastach. Zawsze znikał. I nikt nie umiał wyjaśnić jak. A potem pojawiał się w innym miejscu jako przywódca całkiem innej bandy. Schwytanie go było niemożliwe. A jednak prywatny detektyw Ture Sventon ze Sztokholmu złapał go już kilka razy.

Tym razem nie ulegało wątpliwości, że Łasica jest szefem Wielkiego Gangu Platerowego, który od dawna był postrachem wszystkich jubilerów. Obliczano, że gang przywłaszczył sobie parę ton cennych platerów.

— Ha! — wykrzyknął Sventon na tyle głośno, by Stefek Niechluj mógł go usłyszeć. — Wiecznie ten Łasica!

— Ciesz się, staruszku — rzekł Stefek Niechluj. — Masz okazję nauczyć się czegoś. Niejeden byłby wdzięczny za taką sposobność. Ode mnie też moglibyście się różnych rzeczy nauczyć. Ale idźcie szybciej. Ciekaw jestem, czy byście potrafili wejść prosto do czyjejś sypialni i gwizdnąć pęczek kluczy, nie budząc nawet kota? Bez zbędnego kręcenia się po mieszkaniu, co? Ale wy nie potraficie nawet stać na straży przed oknem wystawowym!

To była prawda. Sventon wiedział o tym. Stefek Niechluj posiadał niesamowitą zdolność znajdowania — w najczarniejszą nawet noc i całkiem bezszelestnie — drogi do spodni jubilerów czy bankierów, które leżą pod materacem w celu odprasowania. Mimo że był wielki i niezgrabny, poruszał się niesłychanie cicho i zwinnie. Składając takie wizyty, przeważnie zdejmował buty i chodził w skarpetkach wzmocnionych nylonową przędzą. Umiał tak stawiać kroki, że deski w parkiecie nigdy nie trzeszczały. Psów wcale się nie obawiał. Gdy przychodził, najbardziej nawet czujny pies śpiący w holu zapadał w jeszcze głębszy sen. To było nieprawdopodobne!

Niestety, Stefek był zapominalski i niechlujny. Jeśli podczas pracy zobaczył we wpadającym przez okno świetle latarni ulicznej jakieś wygodne krzesło, nie mógł się powstrzymać, by na nim nie usiąść. Zdarzało się nawet, że następnego ranka zaspany jubiler czy bankier, przychodząc w piżamie, żeby wyjąć gazetę ze skrzynki, odkrywał z przerażeniem jakiegoś nieznajomego kolosa śpiącego na krześle. Wtedy Stefek Niechluj natychmiast przepraszał i odchodził cicho i grzecznie, razem z kluczami.

Często zapominał kapelusza. A także butów (na jesieni i w zimie nieraz był mocno przeziębiony).

Zdarzyło się nawet kiedyś, że zapomniał koszuli, którą zdjął w sypialni u jednego bankiera, bo wydało mu się, że go oblazły pchły. Kiedy wytrząsnął koszulę przez otwarte okno, okazało się, że to komary go pogryzły. Położył koszulę na krześle i zapomniał o niej.

Następnego ranka nikt nie mógł w żaden sposób zrozumieć, skąd się wzięła w salonie na krześle ogromna koszula w niebieskie paski. Nigdy przedtem nie zdarzyło się nic podobnego i mimo uporczywych dochodzeń nie zdołano sprawy wyjaśnić. To było coś niesamowitego!

— Powinniście to sobie zapamiętać, chłopcy — odezwał się Stefek Niechluj idący z tyłu — że wysadzanie czegokolwiek w powietrze jest brzydkim sposobem. Osobiście nigdy nie używam środków wybuchowych. Nauczcie się dobrej, schludnej roboty. A teraz szybciej, chłopcy!

„Chłopcy" burknęli coś pod nosem i przyspieszyli kroku.

Nagle człowiek o twarzy księżyca stanął przy jakichś drzwiach i rozejrzał się. Otworzył je wytrychem i wszedł do pustej sieni. A oni za nim.

— No, teraz możemy zdjąć to przeklęte urządzenie — rzekł, zrywając maskę i czerwoną czapkę. — Uff, co za ulga! — sapnął. Cała jego okrągła twarz parowała. (Gdy się niesie wyroby platerowane, nic bardziej nie działa na poty niż maska Mikołaja).

— Zdejmujcie te szmaty! Nie gapcie się! — rzucił, ściągając przez głowę czerwony płaszcz.

Ale „chłopcy" stali tylko i gapili się. Nie zrobili najmniejszego nawet ruchu, żeby cokolwiek z siebie zdjąć.

— Szybciej! Nie możemy tu tkwić tyle czasu!

„Chłopcy" dalej nie byli skłonni się rozbierać.

— Bezpieczniej byłoby... — mruknął jeden z nich.

— Moim skromnym zdaniem... — dodał drugi.

— Ach tak, boicie się? A to ci dopiero! Czujecie się bezpieczniej w takim przebraniu, co? Może tatuś ma was poprowadzić za rączkę, co?

Stefek włożył na głowę swój podobny do grzyba kapelusz i poszli dalej. Wkrótce dotarli do Odenplan, pięknego węzła komunikacyjnego dzielnicy Vasastad, gdzie krzyżuje się dużo linii tramwajowych i ludzie spieszą we wszystkich kierunkach.

— A może by wziąć taksówkę? — spytał Sventon, który poczuł się zmęczony taszczeniem worów.

115

— Taksówkę? Zwariowałeś? Gdyby się coś stało, taksówkarz zawsze zdradzi: wiozłem ich stąd dotąd, powie. Chyba się wczoraj urodziłeś! Ale możemy wziąć tramwaj. Trójkę.

Księżyc w Pełni, Sventon i Omar stanęli na przystanku trójki, jeżdżącej do dzielnicy Söder.

Śnieg padał teraz mniej gęsty, płatki nie były już takie duże, raczej drobne i cienkie, jakby zmęczone. W niektórych oknach widać było zapalone choinki. Mieszkańcy dzielnicy Vasastad miewają szczególnie piękne choinki i w domach otaczających Odenplan dużo ich migocze w oknach. Czekając na trójkę, można się doliczyć sześciu albo nawet siedmiu choinek, a kiedy tramwaj przystaje, zauważa się jeszcze ósmą.

Trzy postacie niosące platerowane wyroby otrząsnęły śnieg z butów i wsiadły do tramwaju razem z tobołami. Tramwaj ruszył, trzęsąc i zarzucając.

Siedzący obok pasażerowie spojrzeli ze zdziwieniem na Mikołajów, ale potem przestali zwracać na nich uwagę.

Jechali ulicą Wazów, potem wzdłuż zatoki Strömmen i dalej, koło ratusza i pałacu królewskiego, które w świetle księżyca wyglądały bajkowo. Nie było nic piękniejszego nad ten widok, ale

116

Sventon i Omar nie mogli się nim cieszyć, bo siedzieli jak na rozżarzonych węglach. Stefek Niechluj drzemał.

Przejechali przez Stare Miasto, a potem przez Slüssen. Trójka pędziła dalej. Stefek zasnął. Zbliżali się teraz do dzielnicy Söder.

Nie ma nic smutniejszego, jak jechać tramwajem w wieczór wigilijny. Jakkolwiek piękne by nie było światło księżyca widziane z okien trójki, nikt nie lubi siedzieć dłuższy czas w tramwaju w wigilię Bożego Narodzenia. Można dzień przedtem albo dzień potem, ale nie akurat tego wieczoru. Trudno powiedzieć, na czym to polega, ale nie ma chyba człowieka, który by lubił jechać tramwajem w Wigilię.

Toteż Sventon i Omar ucieszyli się, kiedy Stefek otworzył oczy i powiedział, że są na miejscu. Wszyscy trzej wysiedli. A z wozu przyczepnego wysiedli też dwaj mali Mikołaje.

Znajdowali się teraz na przedmieściach dzielnicy Söder. Poszli w stronę parku. Stefek Niechluj przystanął i rozejrzał się. Sventon i Omar zrobili to samo. Nikogo nie było widać. Nie było też śladu malutkich, czujnych i żwawych Mikołajów jubilera.

Stefek zrobił kilka kroków i znów stanął.

— Teren wolny, co? — spytał, penetrując wzrokiem otaczające ich krzaki.

— Chyba tak — mruknął Sventon.

— O ile dobrze widzę, to tak — szepnął Omar.

Wtedy Stefek schylił się, odgrzebał śnieg, odsunął gałązki i podniósł drewnianą klapę, przykrywającą otwór w ziemi.

Skinął na nich niecierpliwie.

— Prędzej! Prędzej! Nie byliście tu nigdy czy co?

Pod przykrywą był ocembrowany właz z żelaznymi klamrami. Prywatny detektyw Ture Sventon opuścił się po klamrach, a za nim Omar, jego arabski asystent. Księżyc w Pełni podał im bagaż, zszedł dwa stopnie, zamknął za sobą klapę i dołączył do nich. Znajdowali się w jednym z suchych miejskich kanałów.

ROZDZIAŁ CZTERNASTY

Wieczór wigilijny
w podziemiu

W każdym dużym mieście są kanały. W mniejszych miastach też są, ale całkiem innego rodzaju. Duże miasta mają wspaniałe, suche, dawno istniejące kanały, nieużywane od czasu, kiedy została zainstalowana sieć wielkich przewodów kanalizacyjnych. Sztokholm posiada wyjątkowo rozbudowaną sieć takich suchych, podziemnych przejść. Ale bardzo niewielu mieszkańców Sztokholmu wie o nich, i to właśnie jest ich największym atutem.

Stefek Niechluj zapalił latarkę kieszonkową, odsunął kapelusz z czoła i stanął, sapiąc.

— Uf! Dobrze znaleźć się w domu. Taka praca w samą wigilię! Uf! Przydałby się teraz kawał szynki, co?

Mówiąc to, dla żartu wsadził swój wielki jak banan palec Sventonowi pod żebro, aż ten zgiął się we dwoje.

— I trochę słodkiego ryżu, co?

Wymierzył żartobliwy cios w kierunku Omara, ale Omar odskoczył w bok z iście arabską przytomnością umysłu.

Wszyscy trzej poszli dalej tunelem, niosąc worki. Nie mogli iść wyprostowani, lecz musieli się schylać, żeby nie uderzyć głową w sufit.

Szli i szli, uginając się pod ciężarem bagażu. Podziemny korytarz zakręcał szerokim łukiem, tak że nie było widać końca. Zaczęły ich boleć plecy. Niesienie platerowanych wyrobów w nieużywanym kanale jest jednym z najcięższych zajęć, jakie sobie można wyobrazić. Poza tym łatwo tu się poczuć jak w pułapce.

W końcu doszli do czegoś, co przypominało wąski, długi pokój i znajdowało się z jednej strony korytarza. Wziąwszy pod uwagę panującą w kanałach wilgoć, pokój ten był wyjątkowo suchy. Tylko gdzieniegdzie parę kropli spływało po ścianach.

Zastali tam cały Gang Platerowy, około dziesięciu ludzi, śmiałych i przebiegłych. Siedzieli na skrzynkach po cukrze i na kocach, inne skrzynie służyły im za stoły. Kilka świec rzucało migotliwe błyski na wszystkich zebranych, z których każdy miał na głowie czapkę z daszkiem. Daszki przysłaniały ich mocne, surowe rysy, zdradzające jednak jakby ślad odprężenia, które towarzyszy zwykle wieczorom wigilijnym.

Syczał prymus. Wielki Gang Platerowy zamierzał zabrać się do jedzenia. Na jednej ze skrzynek stała ogromna, tłusta szynka.

Ujrzawszy dwóch Mikołajów, wszyscy wybuchnęli tak głośnym śmiechem, że aż echo odezwało się daleko, w głębi korytarza.

— Jeszczeście nie zrzucili tych przebrań? — rzekł któryś z szajki.

— Mieli pietra — zaśmiał się Stefek Niechluj, wycierając czoło ręcznikiem, który pożyczył w pewnej kuchni w Kungsholmen i który mu służył za chustkę do nosa. Uwaga ta wywołała salwę śmiechu.

— Gdzie jest Wiluś? — zapytał jeden z najstarszych i najważniejszych członków gangu.

— Wiluś? — powtórzył Księżyc w Pełni, opadając na skrzynkę, która o mało się nie rozleciała pod tak ogromnym ciężarem. — Właśnie, gdzie może być Wiluś? — Był tak zdziwiony, że trudno byłoby wyobrazić sobie bardziej zdziwiony księżyc w pełni. Gapił się to na jednego, to na drugiego kolegę.

— Słuchaj no, Stefek, czy może tym razem zgubiłeś też szefa? — odezwał się jeden z niższych rangą złodziei, znany z ciętego dowcipu. Młodsi z szajki zaczęli tak głośno chichotać, że znów echo zabrzmiało gdzieś daleko w głębi tunelu.

— Cisza! — wrzasnął jeden z najbardziej znaczących bandytów. — Tak nie może być. Gdzie jest Wiluś? Cicho tam! — ryknął jeszcze raz i młodsi się uciszyli.

Nikt nie odpowiedział. Stefek znany był jako niezwykle zręczny złodziej kluczy, jako artysta w swoim fachu, lecz chyba jeszcze bardziej znany był z zapominania rzeczy. Czasem zapominał kapelusza, czasem koszuli — teraz zapomniał szefa.

Ów starszy, bardziej doświadczony gangster zwrócił się do obu Mikołajów.

— Frasse i Nisse! Gdzie on jest? Zdejmijcie wreszcie ten ubiór, żebyście się stali podobni do ludzi! Gdzie on jest, powtarzam?!

Wszyscy zwrócili się w stronę Mikołajów. Sventon stał jak na rozżarzonych węglach. W każdej chwili mógł zostać rozpoznany. Omar też stał jak na rozżarzonych węglach. Nie ma nic bardziej niebezpiecznego niż przebywanie w nieużywanym kanale w dzielnicy Söder, wśród grona czujnych złodziei, specjalizujących się w wyrobach platerowanych. Jeśli się zostanie zdemaskowanym, możliwości ucieczki są znikome.

— Gdzie jest Wiluś?! — ryknął powtórnie starszy gangster.

— Zniknął — odparł Sventon-Frasse. — Po prostu zniknął. — Zza maski głos Sventona-Frasse brzmiał jak łagodne mruczenie. W ten sposób mógł równie dobrze mówić prawdziwy Frasse.

— Bzdury! — rzekł ten starszy. — Bredzisz, wariacie! A ty, Nisse, nie masz nic do powiedzenia? — zwrócił się do Omara.

— Zniknął z pomieszczeń sklepowych, nie zostawiając żadnej wiadomości. Nie udało nam się zauważyć, w którą stronę pan

Łasica raczył się udać — powiedział Omar-Nisse niewyraźnym głosem. Po czym ukłonił się.

— No tak — rzekł stanowczo starszy rabuś, który dbał, żeby młodsi zachowywali się przyzwoicie. — Powinniście poprosić o okulary jako prezent pod choinkę, żeby lepiej widzieć na drugi raz — dodał nicco łagodniejszym tonem, a cała banda parsknęła śmiechem.

Sventon stwierdził, że na razie niebezpieczeństwo minęło. Omar też uważał, że chwilowo nic im nie grozi, ale na wszelki wypadek ukłonił się kilka razy.

— No, chłopcy, zabieramy się do żarcia! — zawołał ktoś z szajki i wszyscy uznali, że to dobry pomysł. Bo już prawie zdążyli zapomnieć o szynce.

I znów groźba zawisła nad Sventonem i Omarem: nikt przecież nie może jeść szynki z maską Mikołaja na twarzy! Rzeczywiście sytuacja, w której znaleźli się prywatny detektyw ze swoim arabskim pomocnikiem, była wyjątkowo niebezpieczna.

Wtedy Omar, ze wschodnią przytomnością umysłu, zainterweniował, mówiąc:

— Ponieważ nadal mamy na sobie stroje Mikołajów, może byśmy mogli, pan Frasse i ja, mieć przyjemność usługiwania do stołu według naszych skromnych umiejętności?

Starszy członek gangu ucieszył się, słysząc, że młodsi nareszcie zaczęli sobie uświadamiać przynależne im miejsce i zachowywać się przyzwoicie.

— Dobrze, chłopcy — rzekł. — Bierzcie się do roboty!

Więc Frasse i Nisse zabrali się do roboty. Nakroili dużo plastrów ociekającej tłuszczem szynki i zaczęli podawać na prawo i na lewo.

Dzięki orientalnej przytomności umysłu Omara zyskali chwilę wytchnienia: nie musieli na razie zdejmować masek. Tymczasem Sventon obmyślał jakiś niezawodny plan działania. Chodziło o to, jak złapać cały gang, a równocześnie zapewnić sobie bezpieczeństwo. Kroił szynkę, poruszając rękami, jakby były mechanizmem zegarowym, a krojąc, gorączkowo myślał.

Omar podawał półmisek z możliwie największą pieczołowitością. Wszyscy jedli, nie odzywając się słowem. Słychać było tylko potężne mruczenie, które zawsze rozlega się, kiedy do świątecznej szynki zasiądzie pewna ilość głodnych złodziei platerów.

Sventon myślał jeszcze przez chwilę. A potem plan był już gotowy.

— Tssss! — powiedział nagle, podnosząc palec do góry. Wszystkie noże i widelce zatrzymały się w powietrzu i wszyscy spojrzeli na niego, nasłuchując. Ale było zupełnie cicho, zabrali się więc z powrotem do jedzenia.

— Tsss! — zaczął znów syczeć Sventon. — Nie mlaskać tam! — krzyknął na wszystkowiedzącego starszego gangstera, który zupełnie oniemiał.

— Co? — wykrztusił ze zdumieniem.

— Nie mlaskać, powiedziałem! Bo nic nie słyszę! — rzekł Sventon, podnosząc ostrzegawczo palec do góry. — Zdaje mi się, że coś tam hałasuje przy klapie!

Wszyscy nadsłuchiwali.

— Może byśmy poszli zobaczyć, ja i Nisse? — zaproponował Sventon-Frasse.

— Nie. Zostańcie tam, gdzie jesteście, i podawajcie do stołu — zdecydował starszy gangster, tak zresztą jak to Sventon przewidział dzięki swemu wielkiemu doświadczeniu. — Idź ty — rozkazał szef bandy jednemu z młodszych opryszków, który niechętnie zostawił szynkę i ruszył w stronę wyjścia.

127

— Dobrze — powiedział Sventon, klepiąc wychodzącego po plecach. — Ale uważaj na siebie! — I, zanim ten zniknął w korytarzu, dał mu dla zachęty jeszcze jednego kuksańca.

W oczekiwaniu na dalszy rozwój wypadków, złodzieje zabrali się z powrotem do szynki, cicho i ostrożnie, nadstawiając równocześnie uszu, baczni na każdy odgłos od strony wyjścia.

Kiedy dały się słyszeć kroki powracającego wysłańca, Sventon szybko wyszedł naprzeciw niemu na korytarz.

— No i co? — spytał.

— E tam! Nic, zupełnie.

— To świetnie — powiedział Sventon i znów poklepał go kilka razy zachęcająco po plecach.

Omar śledził wszystkie poczynania Sventona z największą uwagą. Wiedział, że jego niezawodny plan zaczyna się realizować.

— Ryż! — jęli wołać wszyscy członkowie gangu. Szynka była zjedzona, pozostała z niej tylko ogromna kość. — Dawajcie ryż!

Sventon i Omar podali półmiski. Obaj byli w pełnym pogotowiu i zwracali baczną uwagę na każdy najmniejszy odgłos. Sventon zaczął nakładać ryż na talerze. Robił to, jak tylko mógł najwolniej, żeby zyskać na czasie. Nakładał śmieszną, malutką łyżką (model

128

Mälardrottning), która wcale nie była przeznaczona do tego celu. Omar poruszał się wolno i opieszale niczym lunatyk. Na szczęście wszyscy z szajki byli tak najedzeni i ospali po pracy, jakiej im przysporzyła szynka, że nie zwracali uwagi na wyjątkowo złą obsługę.

— Ciekaw jestem, jak wygląda dalszy ciąg kanału — szepnął Sventon do Omara. — Powinniśmy się lepiej zapoznać z tym pomieszczeniem. Gdzie może być ich skład?

Zanim Omar zdążył cokolwiek odpowiedzieć, dał się słyszeć słaby, lecz wyraźny hałas od strony wejścia. Wszyscy wiedzieli, co to oznacza: klapa została otworzona i zamknięta.

Teraz słychać było kroki. Wszyscy gangsterzy zerwali się na równe nogi i włożyli ręce do prawej kieszeni.

Sventon też włożył rękę do kieszeni i chwycił za swój pistolet służbowy. Te kroki nie oznaczały tego, na co czekał. Omar też trzymał rękę na pistolecie.

Kroki zbliżały się. W przejściu rozlegało się słabe echo. W migotliwym blasku świec ukazali się dwaj Mikołaje. Sventon i Omar natychmiast ich poznali.

ROZDZIAŁ PIĘTNASTY

Ture Sventon unieszkodliwia Wielki Gang Platerowy

Nie ma nic bardziej przerażającego niż widok milczącej I groźnej papierowej maski. A teraz były dwie. A więc sztuka z workiem nocnym nie udała się z jakiejś przyczyny.

Ludzie z Gangu Platerowego stali bezradnie, nie wiedząc, co to wszystko znaczy. Policzyli Mikołajów i uznali, że chyba widzą podwójnie (i tak rzeczywiście było).

Wszystko to stało się w ciągu kilku sekund.

Sventon krzyknął błyskawicznie:

— Brać ich! To szpiedzy!

Cały Gang Platerowy rzucił się na nowo przybyłych Mikołajów. W zamieszaniu, jakie powstało, Sventon i Omar spróbowali prze-

cisnąć się do wyjścia. Ale nie mogli: kanał był zablokowany przez
kłębowisko gangsterów i Mikołajów (ci ostatni znajdowali się na
spodzie). Jednakże nowi przybysze, których krzyków absolutnie
nikt nie słyszał, potrafili zerwać maski i czapki i odsłonić twarze.

I wtedy ci z gangu zobaczyli z największym zdumieniem, że to
są Nisse i Frasse. To odkrycie jakby ich sparaliżowało. Najpierw
musieli pozbyć się przekonania, że nowi przybysze nie mogą być
w żadnym razie Nissem i Frassem, a dopiero potem mogli pomyśleć o dwóch pozostałych Mikołajach. Wszystko razem zajęło im
parę sekund.

Sventon wiedział, jak ten czas wykorzystać.

— Strzelać! — krzyknął do Omara i sam, dobrze wymierzo-
nym strzałem, zgasił jedną ze świec. Omar zgasił drugą, z taką
samą precyzją.

Zapanowała kompletna ciemność. Obaj przyjaciele ruszyli w kierunku przejścia. Nikt z bandytów nie odważył się zapalić latarki.
Bali się, żeby nie została zgaszona strzałem — bardzo niebezpiecznym, jeśli ktoś ją trzyma w ręku. Sventon i Omar posuwali się
korytarzem, jak mogli najszybciej. Doszli do skrzyżowania, skręcili
w bok i na razie znów poczuli się bezpiecznie.

— Dalej! — usłyszeli głos przywódcy bandy. — Zapalcie!

— Będą strzelać, jeżeli zapalimy — dał się słyszeć inny głos.

— Głupstwa! Robić, jak mówię! — odezwał się znów pierwszy głos.

Zabłysło światło latarki.

Sventon i Omar stali w bocznym przejściu i widzieli, jak światło się zbliża. Gdy tylko latarka ukazała się za rogiem, zgasili ją strzałem.

Banda zatrzymała się. Sventon zapalił swoją latarkę kieszonkową i położył ją na ziemi w bocznym przejściu tak, żeby oświetlała główny tunel. Wtedy ci z gangu zrozumieli, że obaj uzbrojeni spryciarze czatują na nich za rogiem. Nikt nie miał odwagi ukazać się w świetle.

Sventon zostawił latarkę tam, gdzie była, zapalił drugą i obaj z Omarem ruszyli dalej bocznym korytarzem, jak tylko mogli najciszej. Przejście znów się rozdzielało. Wybrali odgałęzienie

w lewo. Maski zdjęli już dawno przedtem. Trudno o coś bardziej nieodpowiedniego niż maska Mikołaja wtedy, kiedy trzeba biec w zgiętej pozycji nieużywanym kanałem. Zwłaszcza jeżeli jest się już zdemaskowanym.

Nagle usłyszeli hałas daleko w tyle. To gang zdecydował się na atak i wyskoczył za róg z okropnym krzykiem. A tam leżała na ziemi całkowicie nieszkodliwa kieszonkowa latarka i świeciła bez niczyjej pomocy!

Z ponownym wybuchem przeraźliwych przekleństw szajka rzuciła się w pościg. Sventon i Omar mieli już teraz dużą przewagę, a nawet dość czasu, by zastawić następną pułapkę.

Kiedy tunel znów się rozgałęził, skręcili w lewo. Sventon rzucił na ziemię swoją czerwoną czapkę. Trochę dalej Omar zrzucił swój przyciasny rezerwowy płaszcz. W końcu zawiesili brodate maski na kamieniach wystających ze ściany, tak żeby je było dobrze widać. Potem zaczęli biec z powrotem, jak tylko mogli najszybciej.

Chodziło o to, żeby zdążyć cofnąć się do ostatniego rozgałęzienia i zniknąć na prawo, zanim ich zauważy atakujący Gang Platerowy, teraz już doprowadzony do wściekłości.

134

Sventon i Omar pędzili niskim i wąskim kanałem z taką szybkością, że należy wątpić, czy kiedykolwiek prywatny detektyw z orientalnym pomocnikiem biegli szybciej w nieużywanym kanale. Biegli tak, że prawie przekraczali granicę dźwięku.

To było niesamowite!

Szczęśliwie udało im się wskoczyć na czas w prawą przecznicę. Kanał zakręcał, wkrótce więc nic można już ich było dostrzec. Nareszcie mogli odetchnąć. Szajka zatrzymała się przy skrzyżowaniu. Zastanawiali się. Słychać było, jak dyszą.

— Podzielić się! — odezwał się, sapiąc, starszy złodziej. — Połowa na prawo, reszta na lewo! — wykrztusił tak niewyraźnie, że ledwo można było zrozumieć, co mówi.

— Ha! — wrzasnął jeden z młodszych rabusiów. — Tu leżą stroje, które posiali! Tędy! Za mną!

I cała banda rzuciła się we wskazanym kierunku, tak jakby czekało tam na nich poletko leśnych poziomek.

Czerwona czapka była cennym odkryciem, płaszcz jeszcze cenniejszym, lecz kiedy znaleźli maski wiszące na ścianie, nie mieli już wątpliwości, że są na właściwym tropie. Rzucili się w dalszy pościg z takim rykiem, że cały labirynt podziemny drżał w posadach. Ich głosy nikły w dali.

Sventon i Omar mogli już działać spokojniej. Bez specjalnego pośpiechu ruszyli z powrotem. W pewnym momencie zabłądzili i doszli do małego warsztatu, gdzie wyrabiano tablice rejestracyjne do samochodów, ale potem odnaleźli drogę do kwatery gangu. Gdzieś, z dużej odległości, słychać było słabe echo podziemnego polowania.

Obaj, Sventon i Omar, zapalili świąteczne cygara.

— Sądzę, że lada moment będziemy tu mieli policję — rzekł Sventon, spoglądając z największym spokojem na zegarek.

I miał rację. Kiedy uszli jeszcze kawałek, spotkali zwarty oddział dzielnych policjantów, którzy od razu rozpoznali Sventona i zaczęli pytać, co się stało.

Zanim Sventon zdążył cokolwiek wytłumaczyć, rzucili się ku niemu dwaj mali rezolutni Mikołaje w czerwonych czapkach.

— Wujaszku Sventonie! — zawołali.

— Bardzo dobrze, młodzi przyjaciele! Spisaliście się znakomicie! — rzekł Sventon i poklepał każdego z nich po ramieniu.

Z tyłu za Sventonem ukazał się człowiek o wschodnim wyglądzie, więc obaj mali Mikołaje przywitali się i z wujkiem Omarem.

— Moim skromnym zdaniem żadni inni młodzi przyjaciele nie mogliby spisać się lepiej — powiedział Omar i złożył młodym przyjaciołom głęboki ukłon.

— Co się tu właściwie dzieje, panie Sventon? — spytał komendant policji.

— Niech pan tylko posłucha! — rzekł Sventon.

Wszyscy nastawili uszu. Z daleka dochodziły wycia i ryki. To wracał pościg.

— Wielki Gang Platerowy — objaśnił Sventon. — Ujmiemy ich za parę minut. Nie wiem jeszcze, gdzie mają swój magazyn, ale na pewno go znajdziemy.

Policjanci zajęli odpowiednie pozycje, obstawiając wszystkie boczne przejścia, żeby odciąć złodziejom drogę ucieczki. Liczna grupa pilnowała wyjścia.

Gang zbliżał się. Słychać było coraz większą wrzawę, coraz donośniejsze echo.

Sapiąc jak lokomotywa, pojawili się pierwsi z pościgu. Byli tak zmęczeni, że wyciągnęli na wierzch języki, nie mogąc słowa wydobyć. Za nimi wpadli młodsi członkowie bandy, w nieco lepszej formie. Potem przybiegła grupa średnich, a wśród nich Stefek Niechluj.

Na samym końcu ukazał się ów starszy rabuś, szef bandy. Niosło go dwóch kolegów. Ledwie dyszał po przebiegnięciu dobrych kilku kilometrów w ciasnych, wilgotnych kanałach. Ale ze względu na swą rangę czuł się w obowiązku wydać kilka ostatnich poleceń.

— Syscystąciekamy możejśćlicja! — wykrztusił, mimo że go nikt nie słuchał. W normalnym języku miało to znaczyć: „Wszyscy stąd uciekamy. Może nadejść policja".

Cały gang wpadł w pułapkę. Kiedy nagle spostrzegli, że są otoczeni, żaden z nich nie próbował uciekać. Stali spokojnie, udając zdziwienie.

— Aha! — powiedział komendant policji. — Gdzie trzymacie skradzione platery, co?

Oni zrobili jeszcze bardziej zdziwione miny, tak jakby z największym wysiłkiem usiłowali sobie przypomnieć, co to w ogóle są platery.

— Macie je tu w tych zakamarkach! — powiedział komendant. Wciąż udawali, że nic nie rozumieją.

— Nie mam żadnych platerów — odezwał się Stefek Niechluj, rozkładając kolosalne dłonie z palcami jak banany, tak żeby wszyscy widzieli, że mówi prawdę.

138

— Co wobec tego robicie w tych kanałach? — spytał któryś z policjantów.

— Chcieliśmy tylko pójść krótszą drogą — wymamrotał jeden z młodszych gangsterów.

W dalszym ciągu nie było wiadomo, gdzie schowane są łupy. Policja sądziła, że muszą to być setki kilogramów. Kilku policjantów z latarkami w ręku zaczęło poszukiwania, ale bez rezultatu.

Na razie nie pozostawało nic innego, jak wyprowadzić całą bandę, a potem przystąpić do dokładniejszych oględzin. Unieszkodliwienie takich złodziei nie jest jednak prostą sprawą.

Gang grzecznie pomaszerował wąskim tunelem. Ale zanim doszli do otworu wyjściowego, Stefek Niechluj zawołał:

— Zapomniałem kapelusza! Zaziębię sobie głowę!

Pozwolono mu, pod eskortą straży, wrócić po kapelusz.

— Wiem, gdzie go zostawiłem — rzekł Stefek. — W składzie.

Grubym paluchem nacisnął ukryty przycisk i wtedy otworzyła się niewidoczna klapa w ścianie. Stefek Niechluj wpełzł do środka, a za nim komendant policji i Sventon.

To, co tam zastali, przeszło wszelkie oczekiwania. W tym bezpiecznym na pozór pomieszczeniu leżało na półkach w najlepszym porządku ponad trzy tysiące noży i widelców w futerałach o jedwabnej marszczonej podszewce, mniej więcej tyle samo łyżek rozmaitych popularnych typów, sto pięćdziesiąt ramek do fotografii, sześćset owalnych półmisków i siedemset okrągłych. I do tego około stu kółek do serwet, siedemdziesiąt trzy solniczki i ponad czterysta cukiernic. Poza tym jeszcze przeszło pięćset noży do tortu i sześćset noży do sera.

Stefek spostrzegł, co zrobił, dopiero gdy zobaczył swój kapelusz na lśniącym kandelabrze. Ale było już za późno!

ROZDZIAŁ SZESNASTY

Sprawa zbliża się
do ciekawego zakończenia

Przed domem na ulicy Krasnoludków, w którym mieszkał jubiler Eriksson z rodziną, zatrzymał się samochód. Wysiadły z niego cztery osoby: prywatny detektyw Ture Sventon ze Sztokholmu, pan Omar z pustyni arabskiej oraz dwoje dzieci jubilera, Henryk i Elżbieta. Jubiler przez ostatnie dwie godziny tkwił w otwartym oknie, wyglądając na ulicę, więc teraz, na domiar złego, był siny z zimna. Zobaczył, że kierowca otwiera bagażnik z tyłu wozu i wystawia na zaśnieżony chodnik dwie torby i jeden duży wór.

Kilka sekund później wszyscy — z wyjątkiem pani Eriksson, która poszła po przecier jabłeczny — zgromadzili się w salonie.

W domu nie było nawet śladu nastroju świątecznego. Pan Eriksson czuł się zupełnie załamany. Wiedział wszystko o brylantach, ale kiedy przyszło mu stanąć twarzą w twarz z nielegalnymi Mikołajami i człowiekiem o twarzy księżyca w pełni, zgubił się natychmiast.

Ciocia Agda wiedziała tylko jedno: że w tym domu można spodziewać się wszystkiego. Została przywitana żylastym mięsem pływającym w nadmiernej ilości sosu; potem, kiedy otworzyła drzwi, żeby pójść zaspokoić straszliwy głód, doznała szoku, zobaczywszy, kto siedzi w kuchni; ze względu na bezpieczeństwo oddała swoje wspaniałe rubiny światowej niemal sławy na przechowanie krewnemu, fachowcowi, i zaraz potem wpadli do mieszkania nieprawdziwi Mikołaje. Gdzie są teraz jej rubiny?

Siedziała całkiem cicho, nie chcąc ani odpowiadać na pytania, ani cokolwiek mówić. Miała wrażenie, że jest w teatrze i patrzy na niekończącą się tragedię z całą serią straszliwych sytuacji. W momencie kiedy wydaje się, że już gorzej być nie może, zdarza się coś jeszcze okropniejszego. Jedyna różnica polegała tylko na tym, że w tym przypadku przyczyną wszystkiego była niesłychana wprost niedbałość.

142

— Jaki ciekawy finał całej sprawy! — rzekł Sventon, wchodząc wraz z innymi do pokoju. — Chciałbym przedstawić mego przyjaciela, pana Omara.

Omar przywitał się z panem Erikssonem i oświadczył, że jest mu ogromnie miło móc poznać osobiście tak znanego jubilera z nordyckiego* kraju. Potem zwrócił się do cioci Agdy i ukłonił się bardzo nisko, tak że chwast na czubku fezu opadł, dyndając. Ciocia Agda nie odpowiedziała na jego przywitanie. Przeczuwała niejasno, że ten człowiek o czarnych oczach, który z jakiejś przyczyny znalazł się w mieszkaniu, spowoduje niebawem nowe komplikacje. Tymczasem nieznajomy ukłonił się z jeszcze większą uprzejmością i zapewnił, że poczytuje sobie za wielki zaszczyt móc osobiście poznać pannę Eriksson.

— Zwłaszcza tu, w dzielnicy Vasastad, którą w moim rodzinnym kraju zachwala się jako słynącą z wyjątkowo pięknej pogody świątecznej — dodał Omar.

Panna Eriksson nie mogła na to nic odpowiedzieć, nawet gdyby chciała.

Sventon zdążył spędzić zaledwie kilka minut u państwa Erikssonów, a już musiał zabrać się do rozwiązania nowego problemu.

* Nordycki — północny.

— Gdzie jest mama? — spytała Elżbieta, która chciała jak najszybciej opowiedzieć całą historię.

— Powiedziała, że idzie tylko po trochę przecieru jabłecznego, ale potem już jej nie widzieliśmy — odparł oszołomiony jubiler. — Nie mogę tego zrozumieć — dodał, zwracając się do
Sventona.

Ture Sventon zastanowił się krótko.

— Aha! — rzekł. — Panie Omarze, nasza sztuczka z workiem
nocnym nie udała się częściowo z powodu przecieru jabłecznego.

Omar skłonił się w milczeniu.

— Henryku — powiedział Sventon. — Pobiegnij do piwnicy
i przyprowadź mamę. Tam trzymacie przecier jabłeczny, prawda?
Elżbieto, przygotuj ciepłą kąpiel!

Kiedy Henryk otworzył drzwi do piwnicy i zapalił światło, jego
oczom przedstawił się żałosny widok. Pani Eriksson siedziała na
worku z ziemniakami, miała związane ręce i nogi, usta zakneblo-
wane chustką do nosa, a dolną część twarzy owiniętą jakąś okropną szmatą.

Oswobodzona przez Henryka prędko poszła do łazienki, gdzie
Elżbieta kręciła się w kłębach pary.

— Dobrze, że o tym pomyślałaś! — rzekła.

— To wujaszek Sventon powiedział, że mam przygotować kąpiel — wyjaśniła Elżbieta.

„Świetny prywatny detektyw — stwierdziła pani Eriksson, leżąc w dobroczynnej gorącej wodzie. — Bardzo sprytny".

Szybkie uwolnienie pani Eriksson dzięki Sventonowi zrobiło bardzo dobre wrażenie na zebranych: wszyscy poczuli kojący wpływ wzmożonego zaufania.

Kiedy z daleka doszły odgłosy pluskania się w łazience, pan Eriksson uspokoił się nieco. Ciocia Agda nie siedziała już tak nieruchomo na krześle, choć wcale nie zamierzała dać się oszukać. „Ta historia z przecierem jabłecznym mogła być czystym przypadkiem. Połóżcie wpierw rubiny na stole" — pomyślała.

— No tak — odezwał się Sventon. — Ciekawe zakończenie całej tej afery. Czy mogę zapalić cygaro, panie jubilerze? — spytał, otwierając pudełko z cygarami dla gości, które stało na stoliku koło kanapy, i podając je Omarowi. Potem poczęstował też jubilera, który również zapalił — swoje własne, przeznaczone dla gości cygaro.

Pan Eriksson nie mógł już dłużej powstrzymać się od zapytania:

— Niech mi pan powie, panie Sventon, co z sejfem? Czy wszystko w porządku? Czy nie opróżnili go? — Rzucił okiem na ciocię Agdę, która czekała okropnie przerażona.

— Nic nie brakuje. Mam klucze — rzekł Sventon, potrząsając pęczkiem kluczy od sklepu.

— Ale skąd pan może wiedzieć tak na pewno, że oni nie zdążyli dostać się do sejfu? Widzi pan, ja tam zawsze przechowuję najwartościowsze rzeczy — powiedział pan Eriksson i znów spojrzał na ciocię Agdę,

— Bardzo mądrze. Słuszna zasada — rzekł Sventon z największym spokojem, zaciągając się cygarem. — Niech pan się jej trzyma.

— A czy nie lepiej, żebyśmy poszli i sprawdzili? Jeśli pan pozwoli klucze...

— Wolałbym wpierw opowiedzieć całą historię, jak tylko pani Eriksson wyjdzie z kąpieli, bo może i ją to zainteresuje — rzekł Sventon i popatrzył na zegarek.

— Ale czy my nie moglibyśmy tymczasem pójść zobaczyć?

— To całkiem niepotrzebne — odparł Sventon, strząsając popiół z cygara. — Jakie dobre cygaro! Wspaniały aromat.

146

— Dlaczego niepotrzebne?

Nie ma jubilera, który by uważał, że nie trzeba sprawdzać zawartości sejfu.

— Dlatego że rzeczy wartościowe w sejfie były przez cały wieczór pod specjalną ochroną.

ROZDZIAŁ SIEDEMNASTY

Sventon zdaje sprawę z przebiegu wydarzeń

— Dobry wieczór pani — rzekł Sventon, kiedy lekko parująca pani Eriksson zjawiła się w salonie. — To przykra sprawa. Powinienem był pomyśleć w porę o tej marmoladzie. W piwnicy zawsze jest wilgotno i nieprzyjemnie.

I Sventon zaczął wyjaśniać całą sprawę. Wszyscy siedzieli w milczeniu.

— Rzeczą charakterystyczną dla Wielkiego Gangu Platerowego jest to, że pracuje cicho, w sposób porządny i nierzucający się w oczy. Nic nie zostaje rozbite, nic stłuczone czy popsute. Wchodzą do domu cicho i grzecznie i zabierają klucze, nikogo

148

nie budząc, nikomu nie przeszkadzając. A potem, co kradną? Drogie kamienie, złoto, kosztowności? Nie. Tylko zwykłe rzeczy. Tylko tandetne platery.

— Tandetne? — rzekł jubiler. — Ja trzymam wyłącznie...

— Tak jest, tak jest, panie Eriksson — powiedział Sventon. — Wyjątkowe rzeczy. Urocze. Ale musimy pamiętać, że istnieje jednak ogromna różnica między, na przykład, platerowaną salaterką a rubinem.

Przy słowie rubin wszyscy podskoczyli.

— Właśnie! — powiedziała ciocia Agda, nie mogąc już dłużej milczeć. — Więc gdzie są wobec tego rubiny?

— On mówi, że jest różnica między platerowaną salaterką a rubinem! — wykrzyknął pan Eriksson, łapiąc się za głowę. Wszystko ma swoje granice. Jubiler nie lubił, żeby go pouczano na temat różnicy między salaterką i rubinem.

— Prawda, gdzie są rubiny? — odezwała się pani Eriksson, spoglądając na Sventona.

Sventon z kolei patrzył to na jednych, to na drugich. Ta rodzina z jakiegoś powodu nie znosiła słowa „rubin". Byli najwyraźniej przewrażliwieni na punkcie rubinów, tak jak ktoś inny mógł być uczulony na koty czy świeżo skoszoną trawę. No tak, różnie z tym bywa, pomyślał.

— Chciałem tylko powiedzieć — wyjaśniał dalej — że wyroby platerowane mają mniejszą wartość niż, na przykład, brylanty. Gang okradał z platerów jeden sklep po drugim. Zabierali przedmioty atrakcyjne, pożyteczne, lecz nierzucające się w oczy. Płatni byli prawdopodobnie od kilograma przez swego szefa.

— Przez jakiego szefa? — spytał jubiler.

— Wilhelma Łasicę — odparł Sventon.

Zapadło milczenie. Każdy czytał kiedyś w prasie o Łasicy, owym niebezpiecznym przestępcy, którego nikt nigdy nie widział. Wiedziano, że ten człowiek miał niesamowitą zdolność znikania. Dla każdego mógł być niebezpieczny. Usłyszeć więc teraz o Łasicy, w swoim własnym domu, gdzie mieszkało się tyle lat i gdzie wychowało się swoje dzieci — to tak, jakby się poczuło lodowaty powiew w salonie. Albo jakby Łasica stał schowany za firanką.

— A pan złapał tego Łasicę i zamknął go, tak? — spytała ciocia Agda niedowierzająco, lecz groźnym triumfującym tonem.

— Tak — odparł Sventon. — Został złapany. I siedzi.

150

Ciocia Agda nie wiedziała, co odpowiedzieć. Jubilera ogarnęła nowa nadzieja, że dojdą niebawem do sedna sprawy, pani Eriksson czuła się już zupełnie bezpieczna, a Omar kłaniał się w pełnym wyczekiwania orientalnym milczeniu.

Jeśli chodzi o Henryka i Elżbietę, uważali oboje za rzecz całkiem oczywistą, że Łasica został złapany. Znali przecież wujaszka Sventona znacznie lepiej niż wszyscy inni.

— A więc Łasica upatrzył sobie tym razem sklep pana Erikssona — mówił dalej Sventon. — Jako następny w kolejce do splądrowania. Utartym zwyczajem robotę miał zacząć Stefek Niechluj. Wykonał sprytnie część zadania, ale, jak już wiemy, spotkało go małe niepowodzenie. Nie udało mu się zdobyć kluczy od sklepu i od sejfu. Wtedy sam Łasica zabrał się do tej sprawy. Wiedział, że byliście uprzedzeni i że Stefek nie będzie mógł znów wejść którejś nocy i zabrać odpowiednich kluczy. Więc zorganizował wielki podstęp z Mikołajem. Przysłał prospekt, no, a potem Stefek Niechluj przyszedł jeszcze raz. Jako Mikołaj. Proszę zwrócić uwagę na miły i prosty sposób załatwienia tej sprawy. Tym razem Stefek wyjął klucze wprost z kieszeni pana Erikssona. Potem mogli już zacząć wynosić platery. Dwóch złodziei, też przebranych za Mikołajów, stało na straży na ulicy. Trudno wymyślić coś praktyczniejszego jako przebranie na wieczór wigilijny niż właśnie strój Mikołaja: osłania całe ciało, jest nieprzemakalny, a równocześnie ma przyjemny, naturalny wygląd.

— Powinno się skończyć z Mikołajami — rzekł jubiler Eriksson.

— Dzięki naszym tu obecnym młodym przyjaciołom udało nam się złapać dwóch członków bandy i osadzić w piwnicy — powiedział Sventon.

— Właśnie! Nie miałam pojęcia, kto to jest — powiedziała pani Eriksson. — Poszłam tylko po trochę przecieru do szynki. Sądziłam, że to dwóch lokatorów z jakiegoś innego mieszkania, których widocznie zaatakowano, bo takie rzeczy często się zdarzają. Nie mogłam dostrzec ich twarzy, ale gdy tylko pomogłam im się uwolnić, oni...

— A teraz jest już po wszystkim — przerwała ciocia Agda, która nie zapomniała i nie przebaczyła twardego mięsa.

— Gdy tylko wszedłem z panem Omarem do sklepu, zdałem sobie sprawę, że ten mniejszy Mikołaj to Łasica. Zobaczyłem, że pod płaszczem ma dobrze zaprasowane, granatowe kamgarnowe spodnie. A także spiczaste buty. Od razu zaczął coś podejrzewać. Widocznie nasze stroje Mikołajów różniły się trochę od tych, jakie mieli rabusie trzymający straż na dworze. Może też mieliśmy brody innego typu. Takie rzeczy mogą się łatwo zdarzyć — powiedział Sventon, zaciągając się głęboko cygarem.

Wszyscy siedzieli, nic nie mówiąc, i czekali, aż zostanie odkryta tajemnica zniknięcia Wilusia Łasicy.

— Stefek oczywiście nic nie zauważył. Dalej zgarniał platery. Ale Łasica zgasił światło. Gdyśmy je zapalili, już go nie było. Dalsze nasze przygody opowiedzą później Henryk i Elżbieta, bo ja nie mam teraz czasu — rzekł Sventon, patrząc na zegarek. — Chciałbym tylko zaznaczyć, że natknęliśmy się na cały gang w podziemiu. Żeby otrzymać pomoc policji, musiałem wysłać na górę jednego z bandy z wiadomością.

Sventon wyjął z kieszeni kawałeczek białego materiału, mniej więcej wielkości numeru startowego, jaki mają na plecach biegacze. Albo rowerzyści. W rogach były wpięte szpilki. Sventon podniósł biały skrawek niczym flagę, tak żeby wszyscy mogli przeczytać zawiadomienie, które brzmiało:

Przysłać tu policję

— Wiedziałem, że Henryk i Elżbieta są gdzieś niedaleko wejścia do podziemnych korytarzy — powiedział Sventon.

— A on, jak wyszedł, to stał i gapił się przez chwilę — powiedział Henryk. — Myśmy się schowali tuż obok, za drzewo.

— Wyglądał strasznie głupio — dodała Elżbieta.

— Kiedy się odwrócił, żeby znów zejść na dół, nie było żadną sztuką przeczytać to w świetle księżyca — rzekł Henryk.

— Wtedy pobiegliśmy zatelefonować i czekaliśmy na policję, która przyjechała w dwóch dużych samochodach — powiedziała Elżbieta. — Było ich mnóstwo.

— Tak, ponieważ powiedzieliśmy przez telefon, że chodzi prawdopodobnie o Wielki Gang Platerowy — rzekł Henryk.

— No i pokazaliśmy im, którędy się wchodzi do podziemi — dodała Elżbieta.

— No i sami też zeszliśmy za nimi — powiedział Henryk. — Czy nie, wujku Sventonie? Myśmy też tam byli na dole, prawda?

— Oczywiście, młodzi przyjaciele! Oczywiście — rzekł Sventon.

— Ale niech mi pan powie — upierał się jubiler — czy wzięli coś z sejfu? Mieli przecież klucze.

— Należy przypuszczać — rzekł Sventon — że Łasica pożyczył klucze od Stefka i zaraz zaczął plądrować sejf. Jako zajęcie uboczne, że tak powiem. Jestem pewien, że napchał kieszenie po brzegi.

— Rubinami też? — wykrzyknęła ciocia Agda.

— Jeżeli tam były rubiny, to je wziął. Łasica nie odróżnia rubinów od innych kamieni.

— Ale, panie Sventon, powiedział pan przed chwilą, że kasa pancerna była pod ochroną przez cały wieczór — wtrącił jubiler złamanym głosem. — Pod specjalną ochroną. Tak pan powiedział.

— Przepraszam na chwilę. Czy mogę skorzystać z telefonu? — spytał Sventon, wstając.

Kiedy wyszedł, w pokoju zapanowała dotkliwa cisza, tak dotkliwa, że pan Omar z iście arabskim taktem poczuł się w obowiązku powiedzenia choć paru słów, żeby uczynić atmosferę nieco lżejszą.

— Skoro mowa o cennych kamieniach w sejfie — odezwał się — posiadam w oazie Kaf, gdzie spędzam mój nic nieznaczący urlop, trzy wielbłądy, których imiona brzmią: Diament, Szmaragd i Rubin.

Po oznajmieniu tego faktu Omar ukłonił się grzecznie. Nikt nie powiedział słowa.

Wrócił Sventon.

— Panie Eriksson — rzekł. — Chodźmy do sklepu. Panie Omarze, niech pan weźmie rezerwowy pistolet i też pójdzie z nami. Czas już, żebyśmy zakończyli tę przygodę.

Sventon wyciągnął z kieszeni swój straszny pistolet służbowy i sprawdził, czy jest naładowany. Wyszedł pośpiesznie z salonu, a oni obaj za nim. Gdy zbiegali po schodach, kroki ich rozlegały się echem w ciszy wigilijnego wieczoru.

Elżbieta i Henryk podążyli za nimi. Musieli przecież zobaczyć, jak się ta przygoda skończy.

ROZDZIAŁ OSIEMNASTY

Wieczór wigilijny
na ulicy Krasnoludków

Przed sklepem czekał samochód policyjny.

— Dobry wieczór — rzekł Sventon. — Proszę za mną.

Dwóch policjantów weszło za nim do sklepu. Sventon poszedł do biura, a kiedy wszyscy już tam byli, zamknął drzwi.

Henryk i Elżbieta zostali na ulicy przed zamkniętymi drzwiami, nie widząc absolutnie nic!

— Okno od podwórza! — zawołała Elżbieta.

— Prędko! — powiedział Henryk.

Oboje wbiegli przez bramę na podwórze i przycisnęli nosy do zakratowanego okna. Firanki były zaciągnięte, ale pozostawała między nimi wąska szpara, przez którą dobrze było widać wnętrze.

158

Zobaczyli, że wujaszek Sventon podaje ich ojcu pęczek kluczy, a ten podchodzi powoli do zamkniętego sejfu.

Jeden z policjantów ustawił się koło sejfu, drugi przed drzwiami. W środku pokoju stał Sventon z pistoletem służbowym i Omar z pistoletem rezerwowym.

Jubiler włożył klucz do zamku i grube drzwi pomału się otworzyły.

Dzieci wstrzymały oddech z podniecenia.

Teraz drzwi były już otwarte na oścież i widać było całe wnętrze sejfu. W środku siedział Mikołaj niedużego wzrostu. Miał spiczasty nos. Spod czerwonego płaszcza wyglądały wąskie, dobrze zaprasowane kamgarnowe spodnie i para spiczastych butów. (Mikołaj nie miał maski na twarzy — trzymał ją w ręku, bo w sejfie jest i tak dość trudno oddychać).

Był to Wiluś Łasica!

Wyskoczył gniewnie z sejfu. Nie było już żadnego sensu siedzieć w nim dłużej.

Trzymał ręce do góry, podczas gdy go obszukiwano. W kieszeniach znalazło się mnóstwo rzeczy. Wszystkie zostały położone na stole.

159

— Jest pierścionek cioci Agdy! — powiedziała Elżbieta, pokazując palcem.

Nie myliła się. Leżał na stole, a trzy wielkie rubiny mieniły się ciemnymi barwami.

Łasica został wyprowadzony. Dzieci zauważyły, że wujaszek Sventon coś mu powiedział. A on zadrżał jakby z zimna i kichnął w odpowiedzi.

Kiedy samochód policyjny odjechał, zabierając Wilusia, pan Eriksson poczuł się szczęśliwszy niż kiedykolwiek. Trudno byłoby wyobrazić sobie bardziej szczęśliwego jubilera. Pobiegł prędko do sklepu, otworzył szafę, wyjął z niej duże pudełko do cygar z prawdziwego srebra i ofiarował je Sventonowi na pamiątkę unieszkodliwienia Wielkiego Gangu Platerowego. Pan Omar otrzymał tuzin pięknych łyżeczek do herbaty (typu Mälardrottning).

— Może je pan wymienić, gdyby pan chciał — powiedział pan Eriksson z przyzwyczajenia.

Sventon nie chciał wymieniać swego prezentu, ale pan Omar, dla którego zawsze było zagadką, jak kupcy herbaty mogą prosperować, skoro na rynku jest kawa, wyjaśnił, że sprawiłoby mu wielką radość, gdyby mógł wymienić ten mile widziany podarek na łyżeczki do kawy, zakładając oczywiście, że pan Eriksson nie będzie miał nic przeciwko temu. Dostał więc w zamian tuzin niezwykle pięknych łyżeczek do kawy, które przyjął ze wschodnią wdzięcznością.

— Czy panowie nie zechcieliby wstąpić do nas na kawałek szynki? — spytał jubiler, zamykając drzwi od sklepu.

— Serdeczne dzięki — rzekł Sventon. — O ile jest chuda. Tłustej mieliśmy aż nadto.

— Byłoby dla mnie wielką przyjemnością móc spędzić prawdziwy nordycki wieczór wigilijny w szwedzkiej rodzinie, w Sztokholmie, owym sławnym mieście zimowym — odparł Omar.

Wszyscy poszli na górę. Pan Eriksson wszedł pierwszy do salonu i uniósł w górę pierścionek. Rubiny połyskiwały ciemną czerwienią. To był rzeczywiście błysk światowej klasy.

— Proszę, ciociu Agdo — rzekł. — Przyniosłem go z sejfu, bo pomyślałem sobie, że ciocia będzie chciała go nałożyć, jako że dziś jest wigilia Bożego Narodzenia.

— Cudowna rzecz! — zachwycał się Sventon. — Piękny szlif! Wspaniały blask!

162

Pani Eriksson otworzyła drzwi do jadalni.

— Proszę do stołu — powiedziała i wszyscy weszli.

Trudno byłoby wyobrazić sobie bardziej wspaniały stół świąteczny. Szynka okazała się wyjątkowo chuda i miękka, był też ogromny wybór różnych marmolad i kiełbas. W momencie, kiedy zdawało się, że każdy już skosztował wszystkiego po trochu, pojawił się jeszcze jakiś nowy smakołyk.

— Wyśmienity ten przecier jabłeczny — pochwalił Sventon.

— Niech pan jeszcze dobierze — poprosiła pani Eriksson, która znana była ze swych przecierów.

Sventon dobrał.

— Panie Omarze, czyżby panu nic nie smakowało? — spytała pani Eriksson, widząc na jego talerzu ogromną porcję nordyckiego jedzenia świątecznego.

Omar, z przytomnością umysłu właściwą ludziom Wschodu, przeżuł i dwa razy przełknął, zanim odpowiedział:

— Nawet jeżeli dzięki lekturze „Kuriera Palmowego" wyrobiłem sobie pewne pojęcie o tym, czego może mieć przyjemność doświadczyć obcokrajowiec przebywający w tym gościnnym mieście w okresie Bożego Narodzenia, mogę zapewnić, że rzeczywistość

przy tym biesiadnym stole znacznie przekracza najśmielsze oczekiwania, które mogłaby obudzić nasza gazeta. — To powiedziaw-
szy, złożył kilka ukłonów w różne strony.

— Może jeszcze trochę marmolady? — spytała pani Eriksson,
która musiała myśleć o tylu rzeczach naraz, że nie bardzo dobrze usłyszała, co Omar powiedział.

— Jedyna rzecz, którą mam śmiałość uważać za przesadzoną,
to to, że robi się zbyt wiele szumu wokół Mikołajów. Wydaje mi
się, że nie jest to pozbawione ryzyka — mówił dalej Omar.

— Trzeba skończyć z Mikołajami! — powiedział jubiler.

— Jak Łasica mógł oddychać wewnątrz sejfu? — spytał Henryk junior.

— On nie potrzebuje dużo tlenu — odparł Sventon. — Czy
mogę prosić o jeszcze trochę musztardy?

— Tak jest — powiedział Omar. — Ilość tlenu w sejfie pana
Erikssona była całkiem wystarczająca dla ograniczonych potrzeb
pana Łasicy.

— No tak, teraz już wiemy, jak Łasica zniknął — rzekł Sventon.
— Wskoczył do sejfu i zatrzasnął za sobą drzwi. Widocznie liczył
na to, że później wypuści go Stefek Niechluj. Dokonując po-

śpiesznej inspekcji biura, zobaczyłem, że klucze tkwią w drzwiach sejfu i zabrałem je. Dopiero na dole, w kanałach, zdałem sobie sprawę, że Łasica siedzi w sejfie.

— No i pomyśleć sobie coś takiego! — rzekł pan Eriksson, nalewając do szklanek znakomite świąteczne piwo. — W moim własnym sejfie!

— Musicie przyznać, że kosztowności były rzeczywiście dobrze strzeżone — powiedział Sventon.

Ciocia Agda nie była w stanie śledzić rozmowy. Całe to gadanie o Mikołajach, liściach palmowych, łasicach i potrzebie tlenu przelatywało jej mimo uszu. Jeszcze nigdy nie brała udziału w takiej wigilii!

Siedziała całkowicie oszołomiona: rubiny, blask świec, ukochani krewni! No i ten sprytny, sympatyczny prywatny detektyw. I jego pomocnik, niezwykle miły, uroczy człowiek Wschodu. A do tego wszystkiego tyle świateł, jarzących się bardziej niż kiedykolwiek wśród tylu dobrych rzeczy, które Sonja tak starannie przygotowała!

Sventon i Omar nie zabawili długo. Sventon zapalił po jedzeniu jedno ze znakomitych służbowych cygar pana Erikssona, a Omar wypił tylko niewielką ilość filiżanek czarnej kawy.

Potem pożegnali się, żeby nie przeszkadzać tak gościnnej rodzinie w świętowaniu Bożego Narodzenia.

— Żegnam panią, pani Eriksson. Serdeczne dzięki. Do widzenia, panie Eriksson. Może pan teraz spać spokojnie. I wam obojgu też bardzo dziękuję, młodzi przyjaciele. Ciekawie się zakończyła ta cała historia — rzekł Sventon. — Do widzenia.

Ture Sventon i pan Omar z pustyni arabskiej wyszli na cichą zaśnieżoną ulicę. Niebo było czyste, wszystkie gwiazdy lśniły, jak tylko mogły najmocniej, i wszystkie zegary na wieżach wybijały północ.

— Wujaszku Sventonie! Wujaszku Omarze! Wesołych Świąt!

Obejrzeli się i zobaczyli dwie twarze w otwartym oknie. Pomachali do Henryka i Elżbiety i odeszli.

Spis rozdziałów

W serii „Mistrzowie Ilustracji" ukazały się:

„Babcia na jabłoni" Miry Lobe
z ilustracjami Mirosława Pokory

„Klementyna lubi kolor czerwony" Krystyny Boglar
z ilustracjami Bohdana Butenki

„Gałka od łóżka" Mary Norton
z ilustracjami Jana Marcina Szancera

„Odwiedziła mnie żyrafa" Stanisława Wygodzkiego
z ilustracjami Mirosława Pokory

„Cukiernia pod Pierożkiem z Wiśniami" Clare Compton
z ilustracjami Marii Orłowskiej-Gabryś

„Latający detektyw" Åke Holmberga
z ilustracjami Anny Kołakowskiej

„Joachim Lis, detektyw dyplomowany" Ingemara Fjella
z ilustracjami Teresy Wilbik

„Malutka Czarownica" Otfrieda Preusslera
z ilustracjami Danuty Konwickiej

„Pan Popper i jego pingwiny" Richarda i Florence Atwater
z ilustracjami Zbigniewa Lengrena

„Czarodziejski młyn" Aliny i Jerzego Afanasjewów
z ilustracjami Teresy Wilbik

„Michałek z pudełka od zapałek" Ericha Kästnera
z ilustracjami Zbigniewa Rychlickiego

„Raz czterej mędrcy..." Antoniego Marianowicza
z ilustracjami Janusza Stannego

„Zwierzyniec państwa Sztenglów" Very Ferry-Mikury
z ilustracjami Jerzego Flisaka

„30 lutego" Wandy Chotomskiej
z ilustracjami Mirosława Pokory

„Wielka, większa i największa" Jerzego Broszkiewicza
z ilustracjami Gabriela Rechowicza

„Śniadanie króla" Alana Alexandra Milne'a
z ilustracjami Eryka Lipińskiego

„Detektyw na pustyni" Åke Holmberga
z ilustracjami Anny Kołakowskiej

Tytuł oryginału „Ture Sventon i Stockholm"
© **Åke Holmberg, 1954**
© **Polish edition Wydawnictwo Dwie Siostry, Warszawa 2012**
© for illustrations by Anna Kołakowska, 1976
© for the Polish translation by Krzysztof and Marcin Chłapowski, 2012

www.wydawnictwodwiesiostry.pl

ISBN 978-83-608-5091-6

korekta: Maciej Byliniak
projekt graficzny serii: Ewa Stiasny
skład i przygotowanie do druku: Piotr Bałdyga
druk: Drukarnia Wydawnicza im. W. L. Anczyca w Krakowie